U0927284

精装典藏本

毕淑敏文集

第5卷·——05

你的支持系统

毕淑敏 | 著

CNS
湖南文艺出版社
HUNAN LITERATURE AND ART PUBLISHING HOUSE
博集天卷
CS-BOOKY

图书在版编目（CIP）数据

你的支持系统：精装典藏本 / 毕淑敏著. —长沙：湖南文艺出版社，2014.11
（毕淑敏文集. 第5卷）
ISBN 978-7-5404-6979-5

Ⅰ. ①你… Ⅱ. ①毕… Ⅲ. ①散文集—中国—当代 Ⅳ. ①I267

中国版本图书馆CIP数据核字（2014）第242968号

上架建议：名家经典·散文

毕淑敏文集. 第5卷
你的支持系统：精装典藏本

作　　者：毕淑敏
出 版 人：刘清华
责任编辑：薛　健　刘诗哲
监　　制：蔡明菲　潘　良
特约策划：董晓磊
特约编辑：杨丽娜
封面设计：姜利锐
版式设计：李　洁
内文排版：八度机构
出版发行：湖南文艺出版社
（长沙市雨花区东二环一段508号　邮编：410014）
网　　址：www.hnwy.net
印　　刷：北京鹏润伟业印刷有限公司
经　　销：新华书店
开　　本：787mm×1092mm 1/16
字　　数：180 千字
印　　张：18
版　　次：2014年11月第1版
印　　次：2014年11月第1次印刷
书　　号：ISBN 978-7-5404-6979-5
定　　价：46.80 元
（若有质量问题，请致电质量监督电话：010-84409925）

目录

Contents

目录
Contents

没有人是一座孤岛

生活是由无穷无尽的关系组成的。

你应该从中分辨出最重要的关系和相对次要的关系。比如你和食物的关系，就比你和小学同学的关系更密切。

食物是你每天都要和其发生关联的事物，它们要进入你的身体。小学同学，除了极个别的，都已成了回忆。

六十多年前，美国作家海明威在一本书的扉页上写过：

“谁都不是一座孤岛，自成一体；……任何人的死亡都使我有所缺损，因为我与人类难解难分。所以，千万不要去打听丧钟为谁而鸣，丧钟为你而鸣。”

人是一定要有一种联结感，这就是我们的命运。

每个人都与他人相联，断裂的时候才空旷无助。不过，不要失望，还会有新的联结发生，这就是自然法则。

你的支持系统

那天我回到家中，面对着先生拿出一张白纸。然后我对他说，在纸的上面，请写下“我的支持系统”这几个字。在纸的左面，请写下“人物的称谓或姓名”，在纸的右面，请写下“与我的关系”。好了，开始吧，尽快。不假思索。你要知道，所有的心理测验都烦再三斟酌。

他笑眯眯地看着我说，你今天又学习到了什么新知识，想在我这里做个试验?

我说，你猜得很准嘛。好吧，听我慢慢说个分明。

我们每个人都有一个支持系统，就像一个好汉三个帮、一个篱笆三个桩。比如说，柱子是宫殿的支持系统，双脚是身体的支持系统，绿叶是花朵的支持系统，桥墩是高架桥的支持系统……一个人，在世界上行走，没有好的支持系统是不能持久的。它是我们闯荡江湖的根据地，它是我们长途跋涉的兵站。当我们疲倦的时候，可以在那里的草丛栖息。当我们忧郁的时候，可以在那里的小屋倾诉。当我们受到委屈的时候，可以在那里的谅解中洒下一串泪珠。当我们快乐的时候，可以在那里的相知中聊发少年之狂……

这种精神的疗养生息之地，你有多少储备？

先生是个缜密的人，他说，既然你已做完了这道测验，不妨把你的讲来听听。

我说，好啊。我告诉你。

我最先写下了我的母亲……

于是忆起那天的课堂。

静寂。这是心理测验常常出现的情形。人们在想。片刻之后，有人就刷刷地动起笔来。这种事情，一旦有人开了头，谁都顾不了谁了。同学们埋头去写，然后分成小组，描述自己的支持系统。基本上包括这样几类——家人、亲属、同学、师长……

有同学说：我飞快地检视了自己业已走过的人生，我为自己多年来储备下的丰厚资源而欣慰和思考。我对自己的今后更有把握和信心了。我的支持系统，从我幼年的朋友到最新的同事，他们涵盖了我的历程。好似风暴过后海滩上遗下的贝壳，那是经历了考验的生命的礼品。

有一位同学的支持系统是一片空白。他坦诚地说，我的支持系统就是没有一个人。我是自己支持自己，是思想支持着我。也许，这是因为“文革”中有人告密，使我不需要知心的人。

不管怎么说，我钦佩这位同学的坦率。有些人在这种时候，不敢暴露自己，明明没有，但他随便填上几个名字，把自己凄凉的真实隐藏起来。但是，你要想一想，为什么自己的支持系统是空白呢？再有，如果有的同学全部填写的是家庭成员，那也是不够完备的。如果一个中学生，他的支持系统也都是同龄人，那么，很容易出现瞎子领瞎子的情况，要引起辅导员的高度注意。支持系统的性别单一化，也是不理想的。理想的支持系统应该是两性都有。

谁是你的重要他人

“重要他人”是一个心理学名词，意思是在一个人心理和人格形成的过程中，起过巨大影响甚至是决定性作用的人物。

“重要他人”可能是我们的父母长辈，或者是兄弟姐妹，也可能是我们的老师，抑或萍水相逢的路人。童年的记忆遵循着非常玄妙神秘的规律，你着意要记住的事情和人物，很可能湮没在岁月的灰烬中，但某些特定的人和事，却挥之不去，影响我们的一生。如果你不把它们寻找出来，并加以重新认识和把握，它就可能像一道符咒，在下意识的海洋中潜伏着，影响潮流和季风的走向。你的某些性格和反应模式，由于“重要他人”的影响，而被打上了深深的烙印。

这段话有点拗口，还是讲个故事吧。故事的主人公是我和我的

“重要他人”。

她是我的音乐老师，那时很年轻，梳着长长的大辫子，有两个漏斗一样深的酒窝，笑起来十分清丽。当然，她生气的时候酒窝隐没，脸绷得像一块苏打饼干，木板样干燥，很是严厉。那时我大约十一岁，个子长得很高，是大队委员，也算个孩子里的小官，有很强的自尊心和虚荣心了。

学校组织“红五月”歌咏比赛，要到中心小学参赛。校长很重视，希望歌咏队能拿好名次，为校争光。最被看好的是男女小合唱，音乐老师亲任指挥。每天下午集中合唱队的同学们刻苦练习。我很荣幸被选中，每天放学后，在同学们羡慕的眼光中，走到音乐教室，引吭高歌。

有一天练歌的时候，长辫子的音乐老师突然把指挥棒一丢，一个箭步从台上跳下来，东瞄西看。大家不知所以，齐刷刷闭了嘴。她不耐烦地说，都看着我干什么？唱！该唱什么唱什么，大声唱！说完，她侧着耳朵，走到队伍里，歪着脖子听我们唱歌。大家一看老师这么重视，唱得就格外起劲。

长辫子老师铁青着脸转了一圈儿，最后走到我面前，做了一个斩钉截铁的手势，整个队伍瞬间安静下来。她叉着腰，一字一顿地说，毕淑敏，我在指挥台上总听到一个人跑调儿，不知是谁。我走下来一个人一个人地听，总算找出来了，原来就是你！一颗老鼠屎坏了一锅汤！现在，我把你除名了！

我木木地站在那里，无法接受这突如其来的打击。刚才老师在我身旁停留得格外久，我还以为她欣赏我的歌喉，唱得分外起劲，不想却被抓了个“现行”。我灰溜溜地挪出了队伍，羞愧难当地走出教室。

那时的我，基本上还算是一个没心没肺的女生，既然被罚下场，就自认倒霉吧。我一个人跑到操场，找了个篮球练起来，给自己宽心道，嘿，不要我唱歌就算了，反正我以后也不打算当女高音歌唱家。还不如练练球，出一身臭汗，自己闹个筋骨舒坦呢！（嘿！小小年纪，已经学会了中国小老百姓传统的精神胜利法）这样想着，幼稚而好胜的心也就渐渐平和下来。

三天后，我正在操场上练球，小合唱队的一个女生气喘吁吁地跑来说，毕淑敏，原来你在这里！音乐老师到处找你呢！

我奇怪地说，找我干什么？

那女生说，好像要让你重新回队里练歌呢！

我挺纳闷，不是说我走调厉害，不要我了吗？怎么老师又改变主意了？对了，一定是老师思来想去，觉得毕淑敏还可用。从操场到音乐教室那几分钟路程，我内心充满了幸福和憧憬，好像一个被发配的清官又被皇帝从边关召回来委以重任，要高呼“老师圣明”了（正是瞎翻小说，胡乱联想的年纪）。走到音乐教室，我看到的是挂着冰霜的“苏打饼干”。长辫子老师不耐烦地说，毕淑敏，你小小年纪，怎么就长了这么高的个子？！

我听出话中的谴责之意，不由自主就弓了脖子塌了腰。从此，这个姿势贯穿了我的整个少年和青年时代，总是略显驼背。

老师的怒气显然还没发泄完，她说，你个子这么高，唱歌的时候得站在队列中间，你跑调儿走了，我还得让另外一个男生也下去，声部才平衡。人家招谁惹谁了？全叫你连累的，上不了场！

我深深低下了头，本来以为只是自己的事，此刻才知道还把一个无辜者拉下水，实在无地自容。长辫子老师继续数落，小合唱本来就没有几个人，队伍一下子短了半截，这还怎么唱？现找这么高个子的女生，合上大家的节奏，哪儿那么容易？现在，只剩下最后一个法子了……

老师看着我，我也抬起头，重燃希望。我猜到了老师下一步的策略，即便她再不愿意，也会收我归队。我当即下决心要把跑了的调儿扳回来，做一个合格的小合唱队员！

我眼巴巴地看着长辫子老师，队员们也围了过来。在一起练了很长时间的歌，彼此都有了感情。我这个大嗓门儿走了，那个男生也走了，音色轻弱了不少，大家也都欢迎我们归来。

长辫子老师站起来，脸绷得好似新纳好的鞋底。她说，毕淑敏，你听好，你人可以回到队伍里，但要记住，从现在开始，你只能干张嘴，绝不可以发出任何声音！说完，她还害怕我领会不到位，伸出颀长的食指，笔直地挡在我的嘴唇间。

我好半天才明白了长辫子老师的禁令——让我做一个只张嘴不出声的木头人。泪水憋在眼眶里打转，却不敢流出来。我没有勇气对长辫子老师说，如果做傀儡，我就退出小合唱队。在无言的委屈中，我默默地站到了队伍中，从此随着器乐的节奏，口形翕动，却不得发出任何声音。长辫子老师还是不放心，只要一听到不和谐音，锥子般的目光第一个就刺到我身上……

小合唱在“红五月”歌咏比赛中拿了很好的名次，只是我从此遗下再不能唱歌的毛病。毕业的时候，音乐考试是每个学生唱一支歌，但我根本发不出自己的声音。音乐老师已经换人，并不知道这段往事。她很奇怪，说，毕淑敏，我听你讲话，嗓子一点毛病也没有，怎么就不能唱歌呢？如果你坚持不唱歌，你这一门没有分数，你不能毕业。

我含着泪说，我知道。老师，不是我不想唱，是我真的唱不出来。老师看我着急成那样，料我不是成心捣乱，只得特地出了一张有关乐理的卷子给我，我全答对了，才算有了这门课的分数。

后来，我报考北京外语学院附中，口试的时候，又要考唱歌。我非常决绝地对主考官说，我不会唱歌。那位学究气的老先生很奇怪，问，你连《学习雷锋好榜样》也不会？那时候，全中国的人都会唱这首歌，我要是连这也不会，简直就是白痴。但我依然很肯定地对他说，我不唱。主考官说，我看你胳膊上戴着三道杠，是个学生干部。你怎么能不会唱？当时我心里想，我豁出去不考这所学校了，说什么也不唱。我说，我可以把这首歌词默写出来，如果一定要测验我，就请把纸笔找来。那老人居然真的去找纸笔了……我抱定了被淘汰出局的决心，拖延时间不肯唱歌，和那群严谨的考官们周旋争执，弄得他们束手无策。没想到发榜时，他们还是录取了我。也许是我一通胡搅蛮缠，使考官们觉得这孩子没准儿以后是个谈判的人才吧。入学之后，我迫不及待地问同学们，你们都唱歌了吗？大家都说，唱了啊，这有什么难的。我可能是那一年北外附中录取的新生中唯一没有唱歌的孩子。

在那以后几十年的岁月中，长辫子老师那竖起的食指，如同一道符咒，锁住了我的咽喉。禁令铺张蔓延，到了凡是需要用嗓子的时候，我就忐忑不安，逃避退缩。我不单再也没有唱过歌，就连当众发言演讲和出席会议做必要的发言，都会在内心深处引发剧烈的恐慌。我能躲则躲，找出种种理由推脱搪塞。会场上，眼看要轮到自己发言了，我会找借口上洗手间溜出去，招致怎样的后果和眼光，也完全顾不上了。有人以为这是我的倨傲和轻慢，甚至是失礼，只有我自己才知道，是内心深处不可言喻的恐惧和哀痛在作祟。

直到有一天，我在做“谁是你的重要他人”这个游戏时，写下了一系列对我有重要影响的人物之后，脑海中不由自主地浮现出长辫子音乐老师那有着美丽的酒窝却像铁板一样森严的面颊，一阵战栗滚过心头。于是我知道了，她是我的“重要他人”。虽然我已忘却了她的名字，虽然今天的我以一个成人的智力，已能明白她当时的用意和苦衷，但我无法抹去她在一个少年心中留下的惨痛记忆。烙红的伤痕直到数十年后依然冒着焦煳的青烟。

弗洛伊德精神分析学派认为，即使在那些被精心照料的儿童那里，也会留下心灵的创伤。因为儿童智力发展的规律，当他们幼小的时候，不能够完全明辨所有的事情，以为那都是自己的错。

孩子的成长，首先是从父母的瞳孔中确认自己的存在。他们稚弱，还没有独立认识世界的能力。如同发育时期的钙和鱼肝油会进入骨骼一样，“重要他人”的影子也会进入儿童的心理年轮。“重要他人”说过的话，做过的事，他们的喜怒哀乐和行为方式，会以一种近乎魔法的力量，种植在我们心灵最隐秘的地方，生根发芽。

在我们身上，一定会有“重要他人”的影子。

美国有一位著名的电视主持人，叫做奥普拉·温弗瑞。2003年，她登上了《福布斯》身家超过十亿美元的“富豪排行榜”，成为黑人女性获得巨大成功的代表。

父母没有结婚就生下了她，从小住的房子连水管都没有。一天，温弗瑞正躲在屋角读书，母亲从外面走进来，一把夺下她手中的书，破口大骂道，你这个没用的书呆子，把你的屁股挪到外面去！你真的以为你有什么了不起？你这个白痴！

温弗瑞九岁就被表兄强奸，十四岁怀了身孕，孩子出生后就死了。温弗瑞自暴自弃，开始吸毒，然后又暴饮暴食，吃成了一个大胖子，还曾试图自杀。那时，没有人对她抱有希望，包括她自己。就在这时，她的生父对她说：

有些人让事情发生，
有些人看着事情发生，
有些人连发生了什么都不知道。

极度空虚的温弗瑞开始挣扎奋起，她想知道自己的生命中究竟会有些什么样的事情发生。她要顽强地去做“让事情发生的人”。大学毕业之后，她获得了一个电视台主持人的职位。1984年，她开始主持《芝加哥早晨》，大获成功，在很短的时间里成为全美收视率最高的节目。她开始发动全国范围内的读书节目，她对书的狂热热爱和她的影响力，改变了很多书的命运。只要她在自己的脱口秀节目里对哪本书给予好评，那本书的销量就会节节攀升。

温弗瑞成立了自己的公司，创办了畅销杂志，还参股网络公司。她乐善好施的名声和她的节目一样响亮。她每年把自己收入的百分之十用来做慈善捐助。温弗瑞亲手推动了太多的事情发生！她认为，这主要来源于父亲的那一句话。

如果让温弗瑞写下她的“重要他人”，她的父亲一定高居榜首。他不但给予了温弗瑞生命，而且给予了她灵魂。温弗瑞的母亲也算一个。她以精神暴力践踏了幼小的温弗瑞对书籍的热爱，潜藏的愤怒在蛰伏多年之后变成了不竭的动力，使成年以后的温弗瑞，以极大的热情投入到和书籍有关的创造性劳动中，不但自己读了大量的书，还不遗余力地把好书推荐给更多的人。那个侮辱侵犯了温弗瑞的表哥，也要算作她的“重要他人”，这直接导致了她的巨大痛苦和放任自流，也在很多年后，促使她执掌财富之后，把大量款项用于慈善事业，特别是援助儿童和黑人少女。

看，“重要他人”就是如此影响人的生活和命运的。

美国通用电气公司的CEO杰克·韦尔奇，被誉为全球第一CEO。在短短二十年里，韦尔奇使通用电气的市值增加了三十多倍，达到了四千五百亿美元，排名从世界第十位升到了第二位。韦尔奇说，母亲给他的最伟大的礼物就是自信心。韦尔奇从小就口吃，就是平常所说的“结巴”。在大学读书的时候，每逢星期五，天主教徒是不准吃热血动物肉的，所以在学校的餐厅里，韦尔奇经常会点一份烤面包夹金枪鱼。奇怪的是，女服务员端上来的都是两份。为什么呢？因为韦尔奇结巴，总是把这份食谱的第一个单词重复一遍，服务员就听成了

“两份金枪鱼”。

面对这样一个吭吭哧哧的孩子，韦尔奇的母亲居然找出了完美的理由。她对幼小的韦尔奇说：“这是因为你太聪明了，没有任何一个人的舌头，可以跟得上你这样聪明的脑袋。”

韦尔奇记住了母亲的这种说法，从未对自己的口吃有过丝毫的忧虑。他充分相信母亲的话，他的大脑比他的舌头转得更快。母亲引导着韦尔奇不断进取，直到他抵达辉煌的顶峰。母亲是韦尔奇的“重要他人”。

再讲一个苹果的故事。正确地说，是两个苹果的故事。

一位妈妈有两个孩子，她拿出两个苹果。苹果一个大一个小，妈妈让两个孩子自己来挑。大儿子很想要那个大苹果，正想着怎么说才能得到这个苹果，弟弟先开了口，说，我想要大苹果。妈妈呵斥道，你想要大的苹果，你不能说。这个大儿子灵机一动，改口说，我要这个小苹果，大苹果就给弟弟吧。妈妈说，这才是好孩子。于是，妈妈就把小苹果给了小儿子，大儿子反倒得到了又红又大的苹果。大儿子从妈妈这里得到了一条人生的经验：你心里的真心话不可以说，你要把真实掩藏起来。后来，这个大儿子就把从苹果中得到的道理应用于自己的生活，见人只说三分话，耍阴谋使诡计，巧取豪夺，直到有一天把自己送进了监狱。这个成了犯人的大儿子，如果写下自己的“重要他人”，我想他会写下妈妈和这个红苹果。

还有一位妈妈，有一篮苹果和一群孩子，也是人人都想得到大苹果。妈妈把苹果拿到手里，说，大苹果只有一个，你们兄弟这么多，给谁呢？我把门前的草坪划成三块，你们每人去修剪一块草坪。谁修剪得又快又好，谁就能得到这个大苹果。

众兄弟中的老大得到了红苹果。

他从中悟出的生活哲理是——享受要靠辛勤的劳动换取。

这个信念指导着他，直到他最后走进了白宫，成为著名的政治家。如果由他来写下自己的“重要他人”，妈妈和红苹果也会赫然在列。

看了以上的例子，你是不是对“重要他人”的重要性有了进一步的认识？也许有的人会说，我儿时的记忆早已模糊，可不记得什么他人不他人的了。我现在的所作所为，都是我自己决定的，和其他人没关系。

这个说法有一定的道理，在我们的意识中，很多决定的确是经过仔细思考才做出的。但人是感情动物，情绪常常主导着我们的决定。而情绪是怎样产生的呢？这也和我们与“重要他人”的关系密切相关。

有一位著名的心理学家，叫作艾利斯，他认为，人的非理性信念会直接影响一个人的情绪，使他遭受困扰，导致人的很多痛苦。比如，有的人绝对需要获得周围环境的认可，特别是获得每一位“重要他人”的喜爱和赞许，其实这是不可能实现的事。有人就是笃信这个观念，把它奉作真理，千辛万苦，甚至委屈自己来取悦“重要他人”，以后还会扩展到取悦更多的人，甚至所有的人，以得到其赞赏。结果呢，达不到目的不说，还令自己沮丧失望、受挫和被伤害。

传统脑神经学认为，每一种情绪都是经过大脑的分析才做出反应的，但近年来，美国的神经科学家却找到了情绪神经传输的栈道。通过精确的研究，科学家们发现，有部分原始信号是直接从人的丘脑运动中枢，引起逃避或是冲动的反应，其速度极快，大脑的分析根本来不及介入。大脑里，有一处记忆情绪经验的地方，叫作杏仁核，它将我们过去遇见事情时的情绪、反应记录下来，好像一个忠实的档案保管员。在以后的岁月中，只要一发生类似事件，杏仁核就会越过大脑的理性分析，直接做出反应。

真是“成也萧何，败也萧何”。杏仁核这支快速反应部队，既帮助我们在危急的时刻，成功地缩短应对时间，保全我们的利益，也会在某些时候形成固定的模式，贻误我们的大事。

杏仁核里储存的关于情绪应对的档案资料，不是一时一刻积存的。“重要他人”为什么会对我们产生那么重要的影响，我猜想，关于“重要他人”的记忆，是杏仁核档案馆里使用最频繁的卷宗。往事如同拍摄过的底片，储存在暗室，一有适当的药液浸泡，它们就清晰地显影，如同刚刚发生一般，历历在目，相应的对策不经大脑筛选就已经完成。

魔法可以被解除。那时你还小，你受了伤，那不是你的错。但你的伤口至今还在流血，你却要自己想法包扎。如果它还像下水道的出口一样嗖嗖地冒着污浊的气味，还对你的今天、明天继续发挥着强烈的影响，那是因为你仍在听之任之。童年的记忆无法改写，但对一个成年人来说，却可以循着“重要他人”这条缆绳，重新梳理我们和“重要他人”的关系，重新审视我们应对问题的规则和模式。如果它是合理的，就变成金色的风帆，成为理智的一部分。如果它是晦暗的荆棘，就用成年人有力的双手把它粉碎。这个过程不是一蹴而就的，有时自己完成力不从心，或是吃力、痛苦，还需要借助专业人士的帮助，比如求助于心理咨询师。

也许有人会说，“重要他人”对我的影响是正面的，正因为心中有了他们的身影和鞭策，我才取得了今天的成绩。这个游戏，并不是要把“重要他人”像拔萝卜一样连根揪出来，然后与之决裂。对我们有正面激励作用的“重要他人”，已经成为我们精神结构的一部分。他们的期望和教诲已化成了我们的血脉，我们永远不会丢弃对他们的信任和仁爱。但我们不是活在“重要他人”的目光中，而是活在自己的努力中。无论那些经验和历史多么宝贵，对于我们来说，已是如烟往事。我们是为了自己而活着，并为自己负起全责。

经过处理的惨痛往事，已丧失实际意义上的控制魔力。长辫子老师那句“你不要发出声音”的指令，对今天的我来说，早已没有了辖制之功。

就是在最饱含爱意的环境中长大的孩子，也会存有心理的创伤。

寻找我们的“重要他人”，就是抚平这创伤的温暖之手。

当我把这一切想清楚之后，好像有热风从脚底升起，我能清楚地感受到长久以来禁锢在我咽喉处的冰霜噼噼啪啪地裂开了，一个轻松畅快的我，从符咒下解放了出来。从那一天开始，我可以唱歌了，也可以面对众人讲话而不胆战心惊了。从那一天开始，我宽恕了我的长辫子老师，并把这段经历讲给其他老师听，希望他们面对孩子稚弱的心灵，懂得该是怎样地谨慎小心。童年时留下烙印的负面情感，难以简单地用时间的橡皮轻易地擦去。这就是心理治疗的必要性所在。和谐的人格不是从天上掉下来的，而是和深刻的内省有关。

告诉缺水的人哪里有水源，告诉寒冷的人哪里有篝火，告诉生病的人哪里有药草，告诉饥饿的人哪里有野果，这些都是天下最好的礼物。

如果让我选出自己最喜欢的游戏，我很可能要把票投给“谁是你的重要他人”。感谢这个游戏，它在某种程度上修改了我的人生。人的创造和毁灭都是由自己完成的，人永远是自己的主人。即使当他在最虚弱、最孤独的时候，他也是自己的主人。当他开始反省自己的状况，开始辛勤地寻找自己的生命所依据的法则时，他就变得渐渐平静而快乐了。

热爱说话

和果的对话，非常轻松。她像是一架话语永动机，不待你发问，就把你想知道的都说了出来，比你预想的更清晰明白。

“你说，中国汉字里，使用频率最高的偏旁部首是哪个？”这是果对我说的第一句话。

果是一家中外合资的商场董事长，雇用着外方的总经理，一言九鼎、威名赫赫。在果的那座身披玻璃幕墙，金碧辉煌、玲珑剔透的大厦里浏览时，你不由自主地会想象它的最高领导人可能是位女王。但此刻的果，安静而有学究气，好像是在大学的小组讨论会上。

我不好意思地说：“别看天天和字打交道，还真没研究过这个。”

“可能是‘提手旁’吧。记得学《诗经》的时候，老师曾说过，那时诗里就有数十个有关手的动词。再说我们这个民族是崇尚行动、尊重实干的，‘提手’应该最多。”我回答。

“错。字典里，‘口’字旁和‘言’字旁的字加起来，构成了中国汉字部首里最庞大的家族。”果非常肯定地说。

“这证明，说话是人生中非常重要的一件事，我们的古人早就发现了这条真理，所以才创造出这么多形容说话的词语。在科学不发达的古代，‘说’都傲视群雄，到了现代，信息大爆炸，说话就更具有了凌驾一切的力量。”

“我说的‘说话’是一个广义的概念，包括文字。更宽泛地讲，等同信息之意。比如我们两个坐在这里说话，就是传达彼此感到隔膜的信息。美国总统在派出特使执行重要公务的时候，最后一个程序就是两人促膝交谈，以便让特使最大限度地正确把握总统的思想……这说明谈话是多么要紧的事情。”

“我热爱谈话。”果一字一句地说。

我有些吃惊，虽然我不拒绝谈话，但好像还是第一次听到“热爱谈话”。果不理会我的惊讶，按照自己的思路侃侃而谈。

“一般来说，服从性强、地位比较低的人，多半意识不到谈话的重要性，因为他更多的是一个执行者，别人说什么，他跟着做就是了，语言好像是多余的。在中国的传统文化里，特别强调‘君子讷于言而敏于行’，我觉得那是一种上智下愚的思想残余。你若是想让自己智慧起来并表达这种智慧，让自己的智慧影响更多的人，必须学会发展、整理、沟通萌芽状态的思想，最简便易行、行之有效的方法就是说话。我给你举一个例子，商场合资以后，外方有许多新措施，我方大多数是干了几十年商业的人，闻所未闻的招数让很多人接受不了。我就把所有中层以上的干部用车拉到一处风景胜地，有美丽的草坪和湖水。我在草坪的中央摞起三张桌子，下面聚了一帮身强力壮的小伙子。大家不知我什么意思，说董事长是不是要我们耍杂技啊？我爬上桌子，站在上面，对大家说：‘现在，我要背对着大家头朝下地栽下去，下面的警卫战士会接住我……高度只有两米多，接应绝无问题，现在你们看着我操作……’说完以后，我就义无反顾地一个倒栽葱折了下来，战士把我接住，一切正常。我对大家说：‘现在，每个人把我刚才的动作重复一遍吧。’最先走上桌子的是我方的副总，他年纪比较大了，腿脚哆嗦，求告我说：‘我老胳膊老腿的就免了吧。要不你就撤掉一张桌子，把高度降点。再不然，我脸朝前往下跳，眼睛看着下面，万一出点纰漏，我还能有个自卫动作。千万别让我后脑勺对着地，行不行啊？’我说：‘不成。这项操作是安全的，我已经亲身试验了几十次，绝无问题。它就像我们商场就要施行的改革措施，是有把握的。我们不能因为自己以前没有尝试过，就没有勇气去实践。现在我决定，凡是有魄力从这几张桌子上背着身子跳下来的人，就继续留在商场工作。其他的人，请自动离开。’我把话说到这个份儿上，副总还真是好样的，眼一闭，就栽了下来，挺顺利的。后面的人大多数很勇敢，也有个别的，战战兢兢老半天，紫涨着脸，总是没动作。我就平静地对他说：‘你也不必勉强自己，我们马上要进行的改革力度很大，你连这种确有把握的事都做不了，何谈其他？留下来合作是不会愉快的……’这次草坪会议以后，那些因循守旧的人走了，改革就大刀阔斧地进行了。

“有一个青工，与顾客争吵，还扇了对方一个大嘴巴，我当然不能放过，给了他降级和罚款的处分。他不服，扬言要杀我。一天，他举着个沉重的泡沫灭火器，像抡着火药桶，在商场里乱窜，说要灭掉我。大伙儿都劝我赶快躲躲，说这种亡命徒什么事都干得出来。我说：‘把他请到我办公室来，我要和他好好谈谈。’大家说你就不怕出事？我说：‘我一个当领导的，被这样的事吓住，以后没法工作了，这才是最大的事呢！’

“那个青工来了，把灭火器立在我的写字台上，说：‘你不怕死在这屋里？’我说：‘你杀了我，你不值啊！’他惊奇道：‘你是大名鼎鼎的董事长，我不过是小小老百姓，你的命比我的值钱多了。’我说：‘你听我算一笔账。我是董事长，不管你的事，我也照常拿我的那份钱，可见我要处分你，是为了钱以外的东西。我明知你要杀我，还把你叫到我的办公室来，并且把左右的人都打发开了，你要动手，现在就是绝好的机会，这说明我不怕死。一个人不为钱不怕死，按你的分析，就一定是为了名了。我死在你的灭火器下，成了当然的烈士，登报扬名，万人瞻仰，后代光荣，那是不必说的了。而你是杀人凶手，万人唾骂，将被处以极刑，父母家人跟着受连累，也是千真万确的事情。你本是恨我，反倒成全了我，你考虑考虑，是不是不合算啊？再者，我判断你不是真心要杀我。真要杀人，为了保证成功率，自然是要被杀的人毫无警觉才好，这就是兵法上的出其不意，攻其不备。像你这样嚷嚷得满天下知晓，哪里是要杀人，不过是恫吓。当然我不排除你的铤而走险，但主要是想把我吓得收回成命，恢复你原有的级别，不罚你。你骨子里想的是尊严和钱的问题。爱面子想挣钱，这是好愿望。只要努力工作，在一个奖惩严明、效益优异的商场，机会有的是。但钱和光荣不是从天上掉下来的，是顾客送给我们的。你把顾客打走了，砸了大家的饭碗，却还要抢着和大家吃一样多的饭，那就连乞讨都不如。如果你想挣更多的钱，你必须干得比别人更好，这才是正道。’青工长久地说不出话来，过了半天才吭吭哧哧地说：‘如果我干得好呢……’我说：‘你放心，罚得严厉，奖得也必豪气，希望有一天，还是在这间办公室，我把精神奖励和物质奖励一道交到你手里。’当那个青工耷拉着头、抱着灭火器从我的办公室走掉以后，竖着耳朵倾听这屋里动静的人们纷纷跑出来说：‘董事长，您靠什么化干戈为玉帛？他一路吵嚷，怎么进了你的房门就一声不吭？是不是您会一手美人拳，点了他的哑穴？’我说：‘靠舌头，靠说话啊。’世上无数的流血事件因为误会而生。错误、失误的‘误’，偏旁是‘言’而不是‘心’，很多时候是话没有说到点子上，心灵因此产生隔膜。”

“最困难的谈话是和外方总经理。圣诞节快到了，这些年西风东渐，国人也慢慢重视起这个洋节来。商场的‘舶来品’较多，年底成了销售的黄金季节。恰在此时，那老外递上一纸报告，说要回欧洲与家人团聚，共度圣诞。我毫不迟疑地回答他：‘No！’老外拿来一册他们国家出的日历，指着12月25日的红色数字说，这是法定假日，如果不让他休假，就是侵犯人权，他要控告我。我说：‘那在您的国家里，是否到了圣诞节，所有的商家一律关门大吉，回家围着圣诞树跳舞？’这回轮到他连连说‘No’了，告诉我圣诞节是一年当中最大的销售高峰，有许多促销的手段要实施。我说：‘那您为什么要从工作岗位上向后转呢？’老外回答：‘因为这是在中国，你们与这个世界性的节日无缘，商厦由中国人单独上班就行了。’我拿出一本中国出的挂历，指着一个日子对他说：‘您知道这是什么日子吗？’老外看了半天，直把浅蓝色的眼珠瞪成了深蓝，也没弄明白，喃喃地说：‘它靠近情人节的日期，但我真的不明白它有什么独特的意义。’我说：‘先生，请您清醒地记住它。因为在这个日子和之后的四天里，您将单独在这座数万平方米的商厦里值班售货……’外方总经理急白了脸，说：‘果董事长，你就是报复我，也不能用商厦的利益做筹码。整整五天，你知道它是什么概念吗？无论对你还是对我的国家来说，那都是成吨的金钱啊！’我说：‘尊敬的先生，让我告诉您，那个日子是中国的春节，中华民族最重要的节日。按照您的逻辑，商厦里所有的中国人都应该回家休假包饺子，否则就是侵犯人权，当然应该由您这样的外国人单独上班了。至于利润，让它见鬼去吧！’

“老外哭笑不得，只得答应坚守岗位。他对我说的最后一句话是：‘你知道我是谁？你是否把我当成了你们的共产党？’我回答他：‘我当然知道你是谁。你是总经理，是受雇于董事长的，你很明智地表示服从，这很好。如果你执意不肯，我就要行使命令权或是罢免权了。顺便说一句，要是共产党员遇到这种事，我一句话都不必说，他们知道自己该怎样办。’”

果的故事，一个个说下去，每一个都很有趣，只是她的声音渐渐嘶哑。我说：“休息一下吧。”果说：“说话就是调整脑筋，一个原本不很清晰的概念，在你描述它的过程当中，它就像花瓣一样盛开了，散发出芳香。有质量的说话当然很累，因为它是思想的结晶。我认识一位著名的戏剧演员，平时很少吭声，口渴了，也只是写一张有‘水’字的字条递给别人，就是为了把胸中之气积攒起来，到了舞台上音韵洪亮、直冲霄汉、绕梁三日。”

我说：“有一句古话：日言百句，其气自伤。”

果说：“生命的过程就像是一盘磁带，录满我们每个人的话语。若生命结束的时候，听到自己一生所说过的话，有用的比没有用的多，那就是无悔的人生了。”

今世的五百次回眸

佛说，前世的五百次回眸，才换来今生的擦肩而过。顿生气馁，这辈子是没的指望了，和谁路遇和谁接踵，和谁相亲和谁反目，都是命定，挣扎不出。特别想到我今世从医，和无数病患咫尺对视。若干垂危之人，我手经治，每日查房问询，执腕把脉，相互间凝望的频率更是不可胜数，如有来世，将必定与他们相逢，是赖不脱躲不掉的。于是这一部分只有作罢，认了就是。但尚余一部分，却留了可以掌握的机缘。一些愿望，如果今生屡屡瞩目，就埋了一个下辈子擦肩而过的伏笔，待到日后便可再接再厉地追索和厮守。

今世，我将用余生五百次眺望高山。我始终认为高山是地球上最无遮掩的奇迹。一个浑圆的球，有不屈的坚硬的骨骼隆起，离太阳更近，离平原更远，它是这颗星球最勇敢最孤独的犄角。它经历了最残酷的折叠，也赢得了最高耸的荣誉。它有诞生也有消亡，它将被飓风抚平，它将被酸雨冲刷，它将把溃败的机体化作肥沃的土地，它将在柔和的平坦中温习伟大。我不喜欢任何关于征服高山的言论，以为那是人的菲薄和短视。真正的高山是不可能被征服的，它只是在某一个瞬间，宽容地接纳了登山者，让你在它头顶歇息片刻，给你一窥真颜的恩赐。如同一只鸟在树梢啼叫，它敢说自己把大树征服了吗？山的存在，让我们永葆谦逊和恭敬的姿态，知道在这个世界上，有一些事物必须仰视。

今生，我将用余生一千次不倦地凝望绿色。我少年戍边，有十年的时间面对的是皑皑冰雪，看到绿色的时间已经比他人少了许多。若是因为这份不属于我选择的怠慢，罚我下辈子少见绿色，岂不冤枉死了？记得在千百个与绿色隔绝的日子之后，我下了喀喇昆仑山，在新疆叶城突然看到辽阔的幽深绿色之后，第一反应竟是悚然，震惊中紧闭了双眼，如同看到密集的闪电。眼神荒疏了忘却了这人间最滋润的色彩，以为是虚妄的梦境。就在那一瞬，我皈依了绿色。这是最美丽的归宿，有了它，生命才得以繁衍和兴旺。常常听到说地球上的绿地到了××年末就全部沙化了，那是多么恐怖的期限。为了人类的长盛不衰，我以目光持久地祷告。

今生，我将一万次目不转睛地注视人群。如果有来生，我期望还将成为他们中的一员，而不是其他的什么动物或是植物。尽管我知道人类有那么多可怕的弱点和缺陷，我还是为这个物种的智慧和勇敢而赞叹。我做过一次人类了，我知道了怎样才能更好地做人，做人是一门长久的功课，当我们刚刚学会了最初的运算，教科书就被合上。卷子才答了一半，收卷的铃声就响了，岂不遗憾？

把自己喜欢的事一一想来，我还要看海看花，看健美的运动员，看睿智的科学家，看慈祥的老人和欢快的少女，当然还有无邪的小童，突然就笑了。想我这余生，也不用干其他的事了，每天就在窗前屋后呆呆地看山看树看人群吧，以求个来世的擦肩而过。这样一路地看下去，来世的愿望不知能否得逞，今生的时光可就白白荒废了。于是决定，从此不再东张西望，只心定如水，把握当前。

不为虚渺的擦肩而过，而把余生定格在回眸之中。喜欢山所表达的精神，就游历和瞻仰山的峭拔和广博，期望自己也变得如此坚强。喜欢绿色和生命，喜爱人的丰饶和宝贵，就爱惜资源，尊重自己，也尊重他人。

最大的缘分

这几年，缘字泛滥，见面就是缘。

在翠绿的伊犁河谷，一位哈萨克少女，高擎着马奶子酒说，尊贵的客人，世上最高最长远的缘分是什么呢？是吃啊！一生下来，婴儿就要吃。到不能吃的时候，缘分也就尽了。人们因吃而聚，因吃而离……

那一天，所有的味道，都被这句话漂白。

吃是笼罩天穹的巨伞。甚至从生命还没有诞生，我们就开始吃了。构成我们肌体原初的那些物质：骨的钙，血的铁，瞳孔的胡萝卜素，头发的维生素原B5，肌肉的纤维，脑神经的沟回……无一不是我们从大自然攫取来的。生命始自吃大自然，大自然是胚胎化缘的钵，这就是最洪荒的缘分啊。

出生后，我们开始吃母亲。乳汁是世界上最完整最富于消化吸收的养料，妈妈的胸怀，是我们赖以生存的谷仓，遮风雨的帐篷，温暖的火墙和日夜轰响的交响乐团（资料证明，婴儿在母亲的心跳声中，感觉最安宁。因为这声音的节奏，已融入孩子永恒的记忆）。因为吃与被吃，母与子，结成天下无与伦比的友谊。这种友谊被庄严地称为——母爱。

长大了，我们开始吃自己。养活你自己，几乎是进入成人界最显著的标志。填平空虚的胃，曾经是多少人惨淡经营的梦想。待统计到国计民生上，温饱解决了，我们就能进入小康，吃——此刻不仅仅是食物，更成了逾越文明纪录的标杆。吃是基础，吃是栋梁，有了吃，一个民族才能在世界的麦克风中有扩大的声音。没有吃，肚子咕咕叫的动静压倒一切，遑论其他！

夫妻走到一块儿，叫作从此在一个饭锅里搅马勺了。吃是男女长久的媒人和黏合剂。

普天之下，熙熙攘攘，多少酒肆饭楼，早茶晚宴，都是为吃聚在一处。古往今来，不知有多少大事在觥筹交错中议定，有多少金钱在餐桌下滚滚作响。

为了吃，人是残忍的，远古时曾尝遍了包括人自身在内的所有生物。进步了，不再吃人。科学了，不再吃有害健康的食物。但人的好吃仍是无与伦比，毒蛇有毒，拔了牙吃；河豚烈性，剥了内脏继续吃；珍禽异兽，都曾被人烹炸清炖，吃了南极吃北极，先是磷虾后是鲸……人是地球上能吃善吃的冠军，狮子老虎都得自叹弗如。

吃到遥远的地方，吃出奇异的境界，是人类永不磨灭的理想。所以人总想吃出地球去，吃到太空去，到另外的星球上找饭辙，这便是无限神往的明天了。

到什么也不想吃的时候，生命已到尾声，与这世界的缘分将尽了。所以能吃是最基本的缘分，切不可小觑。与“能吃”的可爱相比，功名利禄都是泔水。吃亦有道，须吃得聪明，吃得正大，吃得坦荡，吃的是自己双手挣来的清白，吃才是人间的幸福。

珍惜能吃的日子，珍惜一道举筷的亲人。珍惜畅饮的朋友，珍惜吃的智慧。敬畏热爱供给我们吃的原料、吃的场所、吃的机会、吃的概率的源头——大自然与母亲！

心是一只美丽的小箱子

小时候上学，很惊奇以“心”为偏旁的字怎么那么多？比如：念、想、意、忘、慈、感、愁、思、恶、慰、慧……哈！一个庞大的家族。

除了这些安然地卧在底下的“心”以外，还有更多迫不及待站着的“心”。这就是那些带“竖心”旁的字，比如：忆、怀、快、怕、怪、恼、恨、惭、悄、惯、惜……原谅我就此打住，因为再举下去，实在有卖弄学问和抄字典的嫌疑。

从这些例证，可以想见当年老祖宗造字的时候，是多么重视“心”的作用，横着用了一番还嫌不过瘾，又把它立起来，再用一遭。

其实，从医学解剖的观点来看，心虽然极其重要，但它的主要工作，是负责把血液输送到人的全身，好像一台水泵，干的是机械方面的活，并不主管思维。汉字里把那么多情绪和智慧的感受，都堆到它身上，有点张冠李戴。

真正统率我们思想的，是大脑。

人脑是一个很奇妙的器官。比如学者用“脑海”来描述它，就很有意思。一个脑壳才有多大？假若把它比成一个陶罐，至多装上三四个大“可乐”瓶子的水，也就满满当当了。如果是儿童，容量更有限，没准儿刚倒光几个易拉罐，就沿着罐口溢出水来了。可是，不管是成人还是小孩的大脑，人们都把它形容成一个“海”，一个能容纳百川波涛汹涌的大海。这是为什么？

大脑是我们情感和智慧的大本营，它主宰着我们的思维和决策。它能记住许多东西，也能忘了许多东西。记住什么忘却什么，并不完全听从意志的指挥。比方明天老师要检查背诵默写一篇课文，你反复念了好多遍，就是记不住。就算好不容易记住了，到了课堂上一紧张，得，又忘得差不多了。你就是急得面红耳赤抓耳挠腮，也毫无办法。若是几个月后再问你，那更是云山雾罩一塌糊涂。可有些当时只是无意间看到听到的事情，比如路旁老奶奶一句夸奖的话，秋天庭院里一片飘落的叶子，当时的印象很清淡，却不知被谁施了魔法，能像刀刻斧劈一般，永远留在我们记忆的年轮上。

我不知道科学家最近研究出了哪些关于记忆和遗忘的规则，反正以前是个谜。依我的大胆猜测，谜底其实也不太复杂。主管记住什么、忘记什么的中枢，听从的是情感的指令。我们天生愿意保存那些美好、善良、友谊、勇敢的事件，不爱记着那些丑恶、虚伪、背叛、怯懦的片段。当然，这并不是说人应该篡改真相，文过饰非虚情假意瞎编一气，只是想说明我们的心，好像一只美丽的小箱子，容量有限。当它储存物品的时候，经过了严格的挑选，把那些引起我们忧愁和苦闷的往事，甩在了外面，保留的是亲情和友情。

我衷心希望每个人的小箱子里，都装满光明和友爱。

每人心中都有一个本子

一次我应邀在电台直播，谈些人生感慨什么的，不时有听众的热线打进，大家就聊天。突然，一个很细弱的女声传来，说，毕老师，我有一个本子，不知该怎么办。你能帮我想个主意吗？

我问，什么本子呢？

她说，就是那种老式的本子，每个人年轻的时候，都有那种本子。我想，你也曾有过的。

我的心像古老的张衡发明的蛤蟆状地动仪一样，接收到一颗铜球，激烈地共振了一下。我知道她所说的那种本子，我确实有过那种本子。我说，啊，是。我知道，我有过。你打算让我给你出个什么主意呢？

她一口气说下去，不再停歇。看来，她为这个问题，思虑很长时间了。

没有人需要这种本子了，这种本子老土。我有时翻翻，也觉得特可笑。却想，可不能把它扔了，烧了，里头藏着我年轻时的梦。多不容易搜集来的呀！我那时用功着呢，别人看电影，我不去，一笔一画地抄呀抄。现在一看，挺幼稚的，可我不忍心把它毁了，心血啊。还抄了不少景物和人物描写，比如《创业史》里，徐改霞的长相，《林海雪原》里，少剑波如何英俊……还有气象谚语，像“天上鲤鱼癍，晒谷不用翻”“天上鱼鳞癍，不雨也风颠”……我那时就特分辨不清，鲤鱼癍和鱼鳞癍有什么不同？天气好坏能差那么多吗？想了多年，也闹不明白。如今，也不用想了。有了天气预报，什么都简单了。本子还有什么用？再没人需要它了……

我听着，不知如何回应，只有陪着叹息。从她透露的摘抄词，再加上听她的声音，我判断她早已不年轻。有些人生的纪念物，对自己是宝，对他人只是废物。

也许，怀旧的人，可以在自己的家里，建一所微型的历史博物馆？我本想这样说，但一想到这个年纪的中国妇女，一般不惯幽默。不知人家住房是否宽敞，可有这份闲心？要是碰上个下岗女工，反触动了伤心处。于是只有以沉默相伴。

她突然很热切地说：想了很长时间，我决定把本子寄给你。那里面有关文学的描写，对你的写作肯定会有帮助的。

我微微地苦笑了。这种描写，对我不会有实际用处。但这是一个直播节目，我们的对话，已通过电波飞进万千耳朵。我不忍伤害一颗朴素而炙热的心，于是很快地回答说，好啊！谢谢你把这么宝贵的纪念物托付给我，我一定会仔细拜读，妥善保护的。

她接着问了我的工作地址，喃喃地重复着、记录着……其他的电话接踵打进来，她的声音就在鼎沸中淹去了。

几天后，我收到了一个厚厚的包裹，打开来，一个红色的塑料笔记本收入眼底。

果然是逝去年代的遗物。扉页上，盖着洇了红油的公章，不太好的墨字写着“奖给劳动模范□□□”。这个笔记本不但有着文学的意义，还是主人光荣的记载。

我细细地翻看本子。字体从稚嫩到圆熟，抄录的内容也形形色色。它不是日记，没有个人生活的流水账，但却能从里面看出生命的过程。除了文艺书籍的片段，更多的是那个时代流传的一些名人名言。抄录者好像不喜欢按部就班地准确记载，有一些话并不注明出处，使人分辨不清是她抄下的，还是自己发明的。

在人生的前半，有享乐的能力，而无享乐的机会。在人生的后半，有享乐的机会，而无享乐的能力。

——马克·吐温

恕我孤陋寡闻，从来不知马克·吐温有这样一段言论，不知他在何时何地讲的这个话？我虽然很钦佩他老人家的文学成就，但对这段话不敢苟同。我以为，享乐的能力和机会应该是同步的。你用劳动创造机会，同时享乐。把机会和能力割裂开来，大概是上个世纪的顺序了。

我想，这段话是本子的主人在年轻时抄录下的吧？那时，她肯定以为自己是不应该享乐的。她以这话激励自己。现在，大约她已到了有享乐机会的年纪了，不知她能否安然享乐？

一个人专心于本身的时候，他充其量也只能成为一个美丽的、小巧的包裹而已。

——罗斯金

又一次惭愧了，不知这位罗斯金是谁。我从这段话里，猜测到主人是相貌普通的女子。在很长的岁月里，她用这话勉励着自己，不愿做一个美丽、小巧的包裹，而期望着成为勤奋而努力的战士。

人间最美丽的情景是出现在当我们怀念母亲的时候。

——莫泊桑

这话非常好。主人在这段语录下，画了代表强调意思的曲线。想来，她是一个非常注重亲情的人。她是孝女吧？但也有另一种可能，她从小就失去了母亲。但愿我的后一判断有误。

在最不尊重人类自由的地方，人对英雄的崇拜最为炽烈。

——斯宾塞

人之才能，自非圣贤。有所长，必有所短。有所明，必有所蔽。

——王守仁

当爱情发言的时候，就像诸神的合唱，使整个的天界陶醉于仙乐之中。

——莎士比亚

恋爱中止后不说对方的坏话，也是一种道德。

——国分康孝

“为什么美女总是跟庸庸碌碌的男人结婚？”“因为，聪明的男人避开跟美女结婚。”

——毛姆

啊，她这一阶段，在谈恋爱吧？失恋了？

有朋友的人像草原一样广阔，没有朋友的人像手掌一样狭窄。

与邪佞人交，如雪入墨池，虽融为水，其色愈污。与端方人处，如炭入熏炉，虽化为灰，其香不灭。

——此话无出处

每只鸟都认为自己的声音最美。

——阿拉伯谚语

即使把蛇装进竹管里，它也不会因而变直。

——日本谚语

她是否受到了某种伤害？挺过来了吧？

她脚上穿的是一双绣了小蓝花的青布鞋，毛蓝布裤子，红罩衣，浅花头帕下拢着浓密的黑发，黑发在脑后梳成一根油亮亮的粗辫子，粗辫从脑后绕到前边，滑过肩头，垂在富于曲线的胸脯上。辫梢扎了个红毛线的蝴蝶结，身材颀长，体态丰满，一堆银耳坠垂在秀丽的脸盘旁……

——人物外貌描写

……

我错落地翻动着本子，无声地读着这些话语，感到一颗心，拖着长长的彗尾，在人生的天际艰难运行。

我很感动，因为自己也有一个这样的本子。从中学时记起，追随我到高原，直至我饱经沧桑。

有一些我们久久蕴积肺腑，却表达不出的心结，被先哲们一语道破，在征途的驿站旁，等着我们路过。当无意间相逢时，心会陡地一颤，紧接着是温暖和相知的潮水涌起。

每个人内心都存着这样的本子，记载着我们尊崇的规则。无论它是否凝结为显形的字迹，都在暗中规定和指挥着我们的思维。

近年，不大有人记这样的本子了。很多人奉行的宗旨，是一些可做却不可说的秘诀。有一个女孩告诉我，她听从这样一些小技巧：

永远别问理发师你是否需要理发。

（他总是说你需要理发。推而广之，不要向可能成为你的对手的人、利益与你相悖的人，请教任何东西。）

美貌是一封无声的推荐信，一旦付出，就要成为定期债券。

（在出租相貌的时候，一定要计算出到期的收益。蚀本的生意万不可干。）

烧掉自己最难看的照片。

（千万要在第一眼看到之后，就赶快燃起火柴。假装它从来不曾存在过。这会增强自信心。不信，你试试。）

要付的钱晚付，要收的钱早收。

……

女人第一次结婚是为了心爱的男人，第二次是为了找伴侣，第三次是害怕孤独，第四次是习惯成自然。

对于狗来说，每一个主人都是拿破仑。

她说，我这些还是比较上得台面的，有的人，干脆只记一句——人不为己，天诛地灭。

我无言。翻看我们心中的本子，会更精练更浓烈地知道我们是怎样的人。

我把红本子珍藏起来。不想一段时间以后，那女子又给我来了一封信，说自从把本子寄给我以后，寝食无安，好像把最珍贵的东西丢了。

“真的不是我不相信您，只是我以前没意识到，这本子对我是如此重要。您能把它还给我吗？假如您喜欢其中的某些部分，我可以把它复印了，再给您寄去。我不会要您一分钱的。”

我马上把本子挂号寄回并附言。我说，本子我已看完了，对我帮助很大。不必再印了。非常感谢你。我完全能理解你的情感，因为我也有同样的本子。

又过了些日子，我收到了厚厚的邮包。打开来看，那女子把她的笔记本，工工整整地重抄了一份，给我寄来了。

后面多了一句话，没有写明出处，我不知是她自己杜撰的，还是从哪里抄来的。

当你全心全意梦想着什么的时候，整个宇宙都会协同起来，助你实现自己的心愿。

无价之宝。童年是记忆的滥觞之地。无论走到哪里，哪怕一无所有，因为有记忆，我们就不孤单。我们的知识，更是我们的记忆了。我们的友谊，也是记忆。没有记忆的友谊，是现代社会人际交往中的速食面，蜷曲着，散发着防腐剂的可疑味道。情感的温暖和光芒，都浓缩在记忆里面，在寒凉中弹射出金色。

记忆又是独立的。它刚直不阿，不卑躬屈膝。它兀自地游走着，不看任何人的脸色，不顾忌世态炎凉。有些人企图修改自己的记忆，但你骗得了别人，骗不了自己。记忆在重重的谎言覆盖之下，依然保持着耿直的生命姿态，等待着复苏的时候。甚至由于这种压迫，它更清醒、更明晰了。在人所具有的所有功能之中，记忆有一种我们尚不能完全明了的强硬品格。即使是一个懦弱而充满欺诈的人，我依然相信，在他大脑的极地下，活着晴朗的记忆苔藓。它们无法长成大树，但它们有着灰绿色的生命。

记忆是诚实的。如果没有一个快乐的童年，你不可能回到从前，涂抹粉红的颜色。你需要接纳你的记忆，如同接纳你与生俱来的一切。

由于记忆的这种非凡的品格，所以，世界上很多罪恶，都是为了和记忆作对才产生的。为了对抗痛苦和迷惘，人们酗酒吸毒，沉迷于种种感官的刺激。记忆丧失，是很可怕的事情。我们爱什么恨什么，喜欢什么厌恶什么，都是由我们的记忆组成的，甚至可以说是由我们的记忆控制的。记忆是我们的无冕之王，记忆是我们体内的暴君。记忆主宰着我们却又不动声色。当我们以为自己是在书写新的篇章的时候，记忆在一边暗笑。所有草稿早已打好，你不过是在一字一词地誊清。

我们活在我们的记忆里。这是一个事实。这个事实，让我们对我们的记忆肃然起敬，又心生畏惧。我们的记忆是隐形的，又是无所不在的。我们的记忆是柔软的，又是钢铁般坚硬的。记忆这个东西，大象无形地左右着我们，又销声匿迹满脸无辜。

心理的记忆是无法修改的，只有重组。重组不是覆盖记忆，只是对某一特定的记忆有了新的解释。记忆是需要解释的，记忆只是一个事实。对一个司空见惯的事实，有着怎样的解释，是沉迷往事还是奋起向前的分野。

我们的记忆，不仅仅是属于每位自己的。也就是说，它不但是我这个生命存在期间的产物，而且在我出生以前很久的势态，也深刻地影响着我的记忆。这种集体无意识，弥散在周围的空气里，分散在文化的颗粒中，被我融入自己的血液，流过生命的过程。

有一部分记忆改头换面，潜藏在心灵的地下室。它们可以沉睡多年，却不会永远甘于寂寞。当它们一旦释放出来，那可怕的能量滚滚而下，摧枯拉朽淹没一切。那时候，我们是记忆的主人，又是记忆的奴隶。在饱受记忆惠泽的同时，也会领教它出其不意的危害。记忆伴随着情感。没有情感的记忆是不牢靠和不持久的。情感是记忆的盐。机械的记忆是枯燥和干瘪的，它们轻飘飘的极易随风而逝。伴随情感的记忆是饱满和长着触角的，它们灵动地滑翔着，无数的联想就如同萤火虫似的聚拢过来。当我们以为自己是在创新的时候，其实只不过是记忆发生了新的组合，一些原本酣睡的记忆跳起了圆舞曲，它们如同万花筒内的玻璃晶，勾搭粘连，幻化出了莫测的图案。

如此说来，记忆既是古老的妖婆，也是婴儿的产床。记忆是兼容并蓄又是一意孤行的。人类至今无法操纵自己的记忆，这是遗憾也是福气。人类在遗忘中筛选自己最宝贵的一切。记忆特立独行的品格，是人类良知最后栖居的湿地。这里飞翔着黑白天鹅也潜伏着毒虫。

我们了解自己的记忆吗？唔，不了解。我们看不到它，只能看到它飞过天空的影子。我们由它组成，受它役使。它是国王又是仆人。它时而懒惰异常时而又伶俐无比。试问还有什么比优异的记忆力更令人羡慕的？那不仅仅是一种天赋，更是学历和坦途的保修证。还有什么比丧失记忆力更令人恐惧的？那不仅仅意味着人将混同于一株植物，更是遭人怜悯和被抛弃的代名词。记忆就这样君临人类的天下，让我们在它的石榴裙下臣服。

当你为什么热泪盈眶，为什么沉默不语，为什么拔刀相助，为什么长夜无眠……凡此种种，都是你的心理记忆浮出海面的时候。搜索海下那庞大的坚冰，是你永远的工作之一。

锻造心情

心情好像一种很柔软的东西，经常因为自然界的风花雪月或是人世间的阴晴冷暖，剧烈波动着，蛛丝般震颤飘荡，无所依傍，哪里用得上“锻造”这样充满了金属音响的词呢？

心情于我们是那样重要。健康与美丽，如若没有一副好心情，犹如沙上建塔、水中捞月，一切都无从谈起。心情与我们形影不离，不，它甚至比影子的追随还要牢固得多。光不存在的时候，影子就藏在深深的黑暗中了。只有心情牢牢黏附在胸膛最隐秘的地方，坚定不移地陪伴着我们。快乐的人，在黑夜中也会绽出笑容；凄苦的人，即使睡着了，梦中也滴泪。

心情是心田的庄稼。只要心脏在跳动，心情就播种着，活跃着，生长着，更迭着，强有力地制约着我们的生存状态。可能没有爱情，没有自由，没有健康，没有金钱，但我们必有心情。

心情是我们的收割机。如果你懊丧，收获的就是退缩畏葸和一事无成。如果你落落寡合，只一味地倾诉苦难，朋友最终会离去，留你孑然面对孤灯。如果你昂扬，希望就永远微茫地闪动，激你前行。如果你百折不挠，生活每一次把你压扁，你都会充满了韧性和幽默地弹跳而起，螺旋向上。如果你向每一丛绿树和鲜花打招呼，它们必会回报你欢笑与芬芳……

如果你渴望健康和美丽，如果你珍惜生命每一寸光阴，如果你愿为这世界增添晴朗和欢乐，如果你即使倒下也面向太阳，那么，请锻造心情。

它宁静而坚定，像火山爆发后凝固的岩浆，充满海绵状的孔隙又坚硬无比。它可以蕴含人生的苦难，但绝不会被苦难所粉碎。它感应快乐的时候如丝如弦，体贴人间的每一分感动。它凝重时如锚如链，风暴中使巨轮安稳如磐。它在一次次精彩的淬火中，失去的是杂质，获得的是强韧。它延展着，包容着，被覆着我们裸露的神经，保卫着我们精神的海洋与天空。它是蓝色澄清的内心疆域，在那里栖息着我们永不疲倦的灵魂。

让我们的成品——沉稳宁静广博透明的心情，覆盖生命的每一个清晨和夜晚。从此不再因外界的风声鹤唳而瑟瑟发抖，不再因世间的荣辱得失而锱铢必较，不再因身体的顿挫不适而万念俱灰，不再因生命的瞬忽飘逝而惆怅莫名……

人生因此健康，因此壮丽。

像烟灰一样放松

有一位射击的朋友，极端地冷静。他常在非常危急的情势下，弹无虚发。我向他请教这其中的要领，他说，最大的诀窍是你要像烟灰一样放松。只有放松，全部潜在的能量才会释放出来，协同你达到完美。

我对他的话似懂非懂，但从此我开始注意以前忽略了的烟灰。烟灰非常松散，几乎是没有重量和形状的。它们懒洋洋地趴在那里，好像在冬眠。其实，在烟灰的内部，栖息着高度警觉和机敏的鸟群，任何一阵微风掠过，哪怕只是极清淡的叹息，它们都会不失时机地腾空而起驭风而行。它们的力量来自放松，来自一种飘扬的本能。本身没有结构，没有动力，甚至是微不足道的烟灰，却能够利用能量，飞向远方。

人们啊，需要常常提醒自己，像烟灰一样放松。放松不是无所事事，不是听天由命，不是随波逐流。放松是一种高度的自信，放松是一种磨炼之后的整合，放松是举重若轻玉树临风。当你放松的时候，你所有的岁月和经验，你的勇气和智慧，便都厉兵秣马集合于你内心，情绪就会安然从容，勇气就会源源不断。你不一定能胜利，但你能竭尽全力去参与过程。

示弱的力量

如果你从不出错，这是一个悲剧。一是自己太累，二是你周围的人会视你为怪物。让自己在无伤大雅的时候出一点小差错，不会暴露出你的无能，只会彰显出你的可爱。

太多的女人是完美主义者。比如她们不能容忍自己的饭菜咸了或是淡了，因此会耿耿于怀。比如她们不能接受自己好不容易挑选的百货，在另外一家卖场，居然看到了更便宜的价签。她们力求把最小的事也完成得完美无瑕。如果有了瑕疵，就会耿耿于怀闷闷不乐，长久地沉浸在遗憾之中。小事都如此，大事你尽可想见她们是如何锱铢必较精益求精。结局是百密一疏，总有疏漏。这世上本没有十全十美之事，就算有，也未必次次都宠幸于你。于是此类女子，就无法享有片刻的彻底放松。

如果你意识到自己是一个完美主义者，如果你想改正，我教你一个小方法。那就是——卖个破绽与你。早年间，看中国的旧式小说，两军交战，常常是武艺高强的那一方，却抵挡不过武艺稍差的那一方，文中会写道："卖个破绽与他，拍马便走……"那之后，往往有一番密谋的周旋。卖个破绽，就是明显地示弱了。

有完美主义倾向的女子，刚开始改正这个毛病的时候，其实挺痛苦的。这就好比原本可以吃三碗饭，却吃了一碗就放下筷子，心里发虚。改正缺欠，不但需要意志顽强，也需要循序渐进。在一些不甚重要的事上，先放手，容忍缺憾和不足，这也是让自己从完美主义的泥潭中拔出脚来的奠基石。

记住啊，示弱就是你破除自己完美魔咒的一个小裂口。示弱之后，你会发现，做一个不完美的人是需要勇气的，也是有乐趣的。因为，世界本来就是不完美的，我们不过是顺势而为。

好心态

一个健全的心态，比一百种智慧都更有力量。

现在把智商炒得火热，可是我总觉得很多事情没办好，不是我们的智商不够，而是心态不稳。心理现在也成了一个几乎被说滥了的词。棋下输了，会说，其实是在心理上输了。跳水砸了，会说不是技不如人，而是心理上的问题。考试慌张，没能考出应有的成绩，自然也是心理上的毛病了……凡此种种，还可以举出很多。有时心想，心理问题变成了一个大箩筐，什么东西都可以丢进去。

不过，心理还真是一个大箩筐，也许它的容积，比我们想象的更大。我们的大脑，虽说是整个肌体的总司令，但其实只占了整个身体能量的一小部分。还有一大部分，是习惯成自然，类乎山高皇帝远的封建诸侯国，自成体系。也就是说，肌体几乎是在独立自主的情形下，下意识地完成着很多重要工作。比如，正常时分，你能知道自己的胃肠道是如何消化食物的吗？能知道自己的血压是如何调整的吗？想必大多数人一脸茫然。

如果人们紧张慌乱手足无措，诸侯小国也顿时进入了非常状态。放弃了平日的稳定和协调，乱成一锅粥，其后果不堪设想。这就是为何在比赛中，有的选手会因为过度紧张，犯一些不可思议的低级错误。

说到底，也没什么不可思议的。紧张几乎是万恶之源，一旦肌体进入了不协调状态，我们会词不达意、手足无措、丢三落四、张口结舌、漏洞百出、匪夷所思……总之，各种谬误风起云涌，让人防不胜防。

有人看到这里，就会很悲观，说照你这样一讲，岂不就没救了？无论我们事先准备得如何好，到时候，神通广大的潜意识一作乱，我们就前功尽弃、毁于一旦了啊！的确是这样。平日锻炼自己养成健全的心态，遇事冷静不慌，全部身心高度协调，这比智慧更重要。

购买经验的金币

我不怕矛盾，也不怕纷乱。

如果只有清一色的说法，那么结论也就非常简单了。世界之所以有趣和千姿百态，就因为它们冲突着、统一着，有各种各样的可能性，因此神出鬼没。

在美国的地铁上，我看到一帮参加夏令营的孩子，他们穿着肥大的T恤衫，上面印着一行字“团结是为了差异”。意思是，我们团结起来，并不是抹杀各自的特性，而正是为了保存彼此的不同。真是一个有特色的口号。

经验这种东西，通常都是在危险的情形下学到的。如果总是在安全中，那么人也只会应对平静。做人太舒服的时候，就没有改变。

话虽这样说，真正事到临头的时候，还是很畏惧。特别是对待自己的孩子，只想让他平安顺遂。

有一宗广告，说做父母的总想把世界上最好的东西都给孩子。我能理解这种心情，不过，什么是最好的东西呢？除了推荐名牌奶粉之外，还有面对大千世界的经验。

而经验这种东西，是普通的金钱买不到的。购买经验的金币，就是危难。

与寂寞共处

常常是心中很寂寞，说出口的却是词不达意的热闹。这个世界已经够喧哗的了，现在需要的只是静静面对内心。

需要别人确认，才觉得自己活着的人，必然会逃避寂寞。节省下来的时间，用来干什么？只好另外想办法来谋杀时间。

寂寞是一种悄然的存在，不要挑战它，也不要逃避，学着共处就是。

开会常常让我感到寂寞，喧嚣人群中的寂寞。不喜欢很多会议的场合，在那里听不到发自肺腑的声音，套话多。有些话像风一样地从耳边刮过，留不下任何印象。

也许是因为我年轻时在西藏当兵，营地在海拔五千米的高原之上，氧分压只有海平面的一半，对缺氧的感受十分敏感。会场里人一多，马上就感觉到缺氧，好像当年在雪原上跋涉的艰辛感觉又复活了，心中充满疲累。

这种时刻，我会不由自主地走出会场，到外面去呼吸新鲜空气。也不敢待的时间太久了，怕人家以为是对发言者、组织者的不敬。

我知道有些时候套话是一种必需，是一种人际关系和社会关系的润滑剂。这种润滑剂可不便宜，要用时间去购买，算得上是奢侈品了。

我是一个视时间为尊贵的人，实在不敢这样靡费，甘愿寂寞着。

嘘，梦不可说

别说梦。

梦不可说。梦是一团混沌，清醒时的事尚且说不清，昏蒙中的意象岂不更是虚妄。梦是不可描绘的。勉强点染出来，也必不可信。就算浮出脑海的时候，梦还是完整的，醒来时就丢了一半。说出来时，又丢了一半。断了线的地方，犹如豁了牙的嘴，摆在那里漏风，终不美观。于是主人就有意无意地将它修补起来，看起来倒是白闪闪地连贯了，但使人连那真的部分也不相信了。

梦是真的，说了就成了假的。只能留给一个人安静地反刍。它不是一个故事，无须像油炸蝎子似的全须全尾。梦不是给人表演的时装，无须矫饰无须猫步无须赶潮流。梦不是音乐，无须优美无须激荡也用不着震撼。梦是不需要负责任的，因此可宣泄可谵狂可随心所欲可放荡不羁，只要不梦游就行。

那么，梦就真的无法表达了吗？人人都有的一段经历，竟成了盲区。无法交流无法记载来无影去无踪，袅袅如风吗？

我们看不见风，我们可以从草叶和花瓣的滚动上，看到风的边缘。我们就这样来找寻梦吧。

梦是一种心境，一种气氛。做完了那个梦，我们醒来时的那一份思绪，便是那梦的几乎全部了。倘是欣喜，不必问梦是什么，快快乐乐地欣喜下去，一天都温馨。这从天上掉下来的礼物，不要问是谁的赠予，尽可能长久地保存就是了。倘是恐惧，赶紧用冷水洗个脸，舒舒服服地另换一个梦做吧。把自己从噩梦里拔出来，犹如把一个萝卜甩掉湿泥，晾在太阳下面。世上确有许多结有恶果的事情，但它们没有一件是因了害怕而可稍微减轻。梦是一件没有结果的事情，更无须怕它。假如遇见了远去的亲人，无论他是在迢迢远方还是已然仙逝，都该相庆。梦是一张黑白相片，会唤起我们悠远的记忆。许多淡忘了的人，栩栩如生地走到我们的面前，笑着同我们打招呼。梦好像给了我们一双特殊的眼睛，白天看不到的东西，晚上却那样清晰。感谢梦把我们同纷乱的尘世隔绝，进入一个纯属个人的世界。为了这一份唯一不会有人插足的恬静，纵是在梦中哭醒，也该擦擦眼泪，然后安然。

我们在清醒时几乎什么都可以说了。饮食可说，男女可说，国家大事可说，鸡毛蒜皮可说。语言的原子弹在各个领域爆炸，人类情绪已被剥离得体无完肤。我们越来越理智，越来越渊博，越来越聪颖，越来越果决……言语的锋芒锐不可当，然而梦像一堵坚壁挡住了它。

你无法形容梦。你不知道它从哪里来，你不知道它要到哪里去。人类可以弹指间在试管中制造一条生命，人类穷毕生之力却无法酿造一个随心所欲的酣梦。

祝愿你做个好梦——这声音已响彻了万千年。当第一个猿人在树叶间被噩梦惊醒后，他就面对上苍发出虔诚的祈祷。人类一次次梦幻成真，唯有梦幻本身无法复现。人类能记录下火星上的沟壑，却无法记录梦的曲折。人类可以破译生命的密码，却无法解释梦的征兆。人类可以把地球上所有的生物分类，却不知自己的梦境是一种什么物质。人类已经向宇宙进军，却连朝夕相伴的梦都模棱两可。

梦是人类最后一块神秘的处女地，是上苍递给我们灵魂的幕布。它是远古的祖先一代代积淀下的精神的富矿，它是未来交予我们的无法读懂的复印件。我们的精神在梦境中活泼得像蝌蚪一样游弋，把过去与虚幻粗针大线地缝缀在一起，镶嵌成神奇的图案。

常常听到人说梦。能说的都不是梦。有的人说的是愿望，由于没有勇气，他把它伪装成梦，梦因此成为功利。有的人说的是谎言，由于没有能力，他把它修饰成梦，先骗自己再骗别人。有的人说的是忏悔，于此想减轻灵魂的罪恶，他其实徒劳。有的人天天说梦，他肯定是一个贫穷到连像样的梦都没有的人。

人们在梦上附加了那么多的锁链，梦就蜷曲着，好像很恭顺的样子。

但是，只要睡眠的马车一到，梦的灰姑娘就跳上去，穿着水晶鞋，跳起疯狂的舞蹈。醒来时，我们只看到一条条冰雪的痕迹。

并非日有所思，夜就有所梦。并非黑夜是白天的继续。我们常常在梦里变成自己也不认识的人，一定是梦走错了地方。

真感谢梦。我们在梦里多么美丽，我们在梦里永远年轻。

嘘！别说梦。梦不喜欢被说。它是属于你一个人的，说出来就成了公众的财产。在你说的过程中，它就悄悄地飞走了，只给你留下一片梦蜕。

梦最透明的翅膀是自由。

宁静有一种特殊的力量

宁静有一种特殊的力量，就是不管外界怎样变化无常，都能让你的躯体自在平和。就像一艘在狂风巨浪中保持着稳定的船，你难道不惊异于它锚链的深度和船体的坚固吗？

我喜欢宁静的风景和宁静的人，这使我怡然。我的老师林教授曾经帮我分析过这种爱好的形成。她说，你是不是因为在西藏待得太久了，雪山和冰峰静止不动，久而久之，也就养成了你寂静的性格？

我承认她说得有道理。不过，我的幼儿园老师曾说过，我从小就是一个安静的孩子。

真的是这样吗？我不知道。我知道自己的心里常常翻涌着惊涛骇浪。我知道这是我必须经历的，并不害怕。但我不会很激烈地把它表达出来，我觉得有一些事情要出现，就让它出现好了。我不能阻止它们，但可以平静地面对它们。

我在西藏的高原上，看到过这个世界最为纯净的水。它们来自亿万年前的冰川。我常常站立在波涛翻卷的狮泉河边发呆，心想，水的力量和生命是多么伟大啊。它们历经沧桑，仍然珠圆玉润，没有一丝疲惫和倦怠。看不到些许的伤痕，更没有皱纹和白发，永远年轻地喧嚣着，如同新生的那一刹那。

我原来是很敬佩山的，但和水相比，山的自我修复能力要差很多，它们只能不由自主地风化下去，不可复原。山只能沿着一条没有回头的路，照直地走下去，大块的岩石崩塌，化为细碎的沙砾，然后继续颓弱，变做齑粉样的泥沙，再衰变为黄土……

人的心，还是像水吧。可以受伤，但永远有痊愈的力量。在大自然面前，人什么都无须保留，只须堂堂正正即可。

千头万绪是多少

千头万绪这个词，有一种沸沸扬扬的夸张和缠人喉咙的窒息感，让人心境沮丧，捉襟见肘，好像一个泥潭，不留神陷进去，会被它掩了口鼻，呛得眼睛翻白，甚或丢了性命，也说不得。

现代人很常用——或者简直就是爱好用这个词，来描绘自己的生存状况。常常听到人们说自己的处境——千头万绪，要干的工作——千头万绪，待处理的事物——千头万绪，须承担的责任——千头万绪……千头万绪几乎成了一条癞皮狗，死缠烂打地咬住每个现代人的脚后跟，斥之不去。

千头万绪是一个主观的判断，一个夸张的形容。难道对一个普通人来说，世上就真有一万件事，非得你御驾亲征不可？

当我们认定自己进入了千头万绪这一局面的时候，心先就慌了。披头散发，眉毛胡子一把抓，天空也随之阴霾。因为紧迫，就慌不择路。结果是线头越搅越多，原本可以解开的结，也成了死扣。

千头万绪有一种邪恶的威慑力，恐惧和慌乱是它的左膀右臂。一旦被这几个魔头统治了心神，我们在灾难的海市蜃楼面前，往往顿失镇定和勇气。

我认识一位女友，当她说到自己的近况时，脸色晦暗，手指颤抖，嘴唇也无目的地扭曲了，显出干涸辙印中小鱼的表情。

她的确是遇到了足够的麻烦。丈夫外遇十年，儿子正逢高考，模拟考试成绩很不理想。她接手奋战了一年的科研项目，已到了关键时刻，她的高血压又犯了，整天头晕。昨天上街由于精神恍惚，被小偷割裂了书包，偷走了上千元钱。她的邻居在装修房屋，每天电钻声吵得她耳鼓几乎爆炸……

有的时候，真想一死了之！千头万绪啊，我看不到一点光明！她这样说，狠狠捶着自己的太阳穴。

我说，我能体会到你心中的痛楚和无奈。你想改变这一切，但感到自己的绝望和孤独。我们先找到一张白纸，把你最感痛苦烦恼的事件写下来，然后我们看看，有什么办法可以逐个解决它们。

洁白的纸，铺在桌面，如同一片无瑕的雪地。左是起因，右写对策。女友提笔写下：

1. 夜里睡不好觉，因为电钻太吵。

我很惊讶地问她，那装修的人家居然敢冒天下之大不韪，在夜里开动电钻？

女友愣了一下，然后说，那倒不是。楼下孀居多年的邻居要结婚了，房屋不整也实在当不了新房。那家事先已出了安民告示，并于晚上八点以后，不再使用电钻。

我说，那么，你睡不好觉，就另有原因，并不能归于电钻了。

她对着白纸，看了半天，仿佛不认识自己写下的那一行字。然后把“电钻”云云删去了，在对策一栏里，写下——吃两片安眠药。

继续整理你的烦恼。我说。

2. 丈夫外遇十年。

真是一个折磨人的大难题。我定定神问，你最近才知道吗？她嘶哑地答，早知道了。

我说，你打算最近采取行动，彻底解决这个问题吗？

她思忖着说，时机还不成熟。无论是离婚还是敦促他痛改前非，都需要时间。

我说，那它是可以从长计议的，也就是目前采取的对策是等待。

女友点点头。

3. 昨天丢了一千块钱。

我说，真倒霉啊，对你是雪上加霜。你报案了吗？

她说，报了，但是没寄什么希望。

我说，那就是说，你基本上觉得这笔损失是不可挽回的啦？

她很快地回答，是啊。

我说，不一定啊。也许你不停地愁苦下去，把自己的太阳穴敲出一个透明窟窿，小偷会良心发现，把那笔钱送回来。

她扑哧一声笑了，说，瞧你说的。那小偷根本不知道我是谁，哪怕我今天自杀了，他也不会发慈悲的。

我正色道，说得好。这笔损失，并不因你的痛楚，而有复原的可能。

女友想了想，就把这一条划掉了，重写了一个“3. 孩子考不上大学”。

我陪着她深深地叹了一口气，然后问她，你是直到今天才意识到孩子上大学无望吗？

她摇摇头，说，他学习成绩一直不好，这结果其实已在意料之中。以前总幻想能出现一个奇迹，现在彻底破灭了。

我说，不符合实际的幻想破灭，你说是件好事还是坏事？

她明白了我的用意，但还是很沉重地说，面对残酷的现实，总是让人难以接受。

我说，是啊。但事实是否因你的不接受，而有改变的可能呢？

女友说，我还是希望孩子能有接受高等教育的机会啊。

我说，此次没有考上大学，并不意味着孩子永远失去了接受高等教育的机会。

她突然抓住我的手说，你的意思是，还有机会？

我说，你觉得呢？我记得你就是通过自学直接考取的研究生啊。

她沉默了很长的时间，然后一字一顿地说，是啊。孩子已经十八岁了，教会他如何应付困境，也许更重要。于是她写下对策——重新来，继续下去。

4. 高血压。

我说，你的血压是否已经像珠穆朗玛一样，成了世界上的第一高峰了呢？

她有些气恼了，说，我真的很痛苦，你却在这里穷开心。

我把脸上的笑容收起，说，对于病，也要有一个战略藐视战术重视的应对。我相信，你的高血压并非到了药石罔效的地步，只要按时吃药，是可以控制的。你服药很可能不守医嘱。

她有些不好意思，反问，你怎么知道的？

我说，别忘了，我还是有二十多年医龄的老大夫。你瞒不过我的火眼金睛。

女友老老实实地交代说，一忙起来，就忘了。她规规矩矩地写上对策——遵医嘱。

女友的脸色渐渐平稳，但她还是愁肠百结地写下了最后一条。

5. 科研任务紧迫。

我说，关于此项艰巨的任务，你承担了一年。现在到了最后攻关阶段，你是否已对自己丧失了信心？

她很坚定地回答，没有。只是我的心情不好，你知道，对于一个搞研究的人来说，心情就是生产力啊。

我一拍她的手说，你讲得好！但心情纯属你精神领域的感觉，你为什么不能使自己的心情明亮起来呢？

她说，讲得轻松！不挑担子肩不疼。我这里千头万绪，哪里就亮得起来！

我含笑说，看看你的千头万绪，还剩下了多少？

那张洁白的纸上，写着：

失眠——安眠药

丈夫外遇——从长计议

丢钱——自认倒霉

儿子未考上大学——重新来

高血压——遵医嘱

科研攻关——好心情

她看了一遍又一遍，好像不相信自己的千头万绪，已细化成如此简明扼要的条款。看来，我只要今晚吃上两片安眠药，明早醒来，阳光依旧灿烂？她有些半信半疑。

我说，当所有的头绪都搅在一起的时候，的确很可怕，它们使我们的心情变得极为恶劣，智力陡然下降，判断连续失误，于是事情就进入了一个更糟糕的怪圈。把它们理清，列出对策，就可以逐一攻克了。好心情并不来源于一帆风顺，而是生长于从容和坚定的勇气中啊。

女友说，哈！我知道啦！我们每个人都有长出好心情的土地，就看你是否耕耘。

拒绝分裂

分裂是个可怕的词。一个国家分裂了，那就是战争。一个家庭分裂了，那就是离异。一个民族分裂了，那就是苦难。整体和局部分裂了，那就是残缺。原野分裂了，那就是地震。天空分裂了，那就是黑洞。目光分裂了，那是斜眼。思想和嘴巴分裂了，那是心口不一。人的性格分裂了，那就是精神病，俗称疯子。

早年我读医科的时候，见过某些精神病人发作时的惨烈景象，觉得精神分裂症这个词欠缺味道，还不够淋漓尽致入木三分。随着年龄的增长和阅历的丰富，这才知道分裂的厉害。

分裂在医学上有它特殊的定义，这里姑且不论。用通俗点的话说，就是在我们的心灵和身体里，存在着两个司令部。一个命令往东，另一个指示往西或是往南，也可能往北。如同十字路口有多组红绿灯在发号施令，诸车横冲直撞，大危机就随之出现了。

分裂耗竭我们的心理能量，使我们衰弱和混乱。有个小伙子，人很聪明敏感，表面上也很随和，从来不同别人发火。他个矮人黑，大家就给他起外号，雅的叫白矮星，简称小白；俗的叫碌碡，简称老六。由于他矮，很多同学见到他，就会不由自主地胡噜一下他的头发，叫一声六儿或是小白，他不恼，一概应承着，附送谦和的微笑，因而人缘很好。终于，有个外校的美丽女生，在一次校际联欢时，问过他的名字后，好奇地说，你并不姓白，大家为什么称你小白？这一次，他面部抽搐，再也无法微笑了。女生又问他是不是在家排行第六，他什么也没说，猛转身离开了人声鼎沸的会场。第二天早上，在校园的一角发现了他的尸体。人们非常震惊，百思不得其解，有人以为是谋杀。在他留下的日记里，述说着被人嘲弄的苦闷，他写道：为什么别人的快乐要建立在我的痛苦之上？每当别人胡噜我头顶的时候，我都恨不得把他的爪子剁下来。可是，我不能，那是犯罪。要逃脱这耻辱的一幕，我只有到另一个世界去了……

大家后悔啊！曾经摸过他头顶的同学，把手指攥得出血，当初以为是亲昵的小动作，不想却在同学的心里刻下如此深重的创伤，直到绞杀了他的生命。悔恨之余，大家也非常诧异他从来没有公开表示过自己的愤怒。哪怕是只有一次，很多人也会尊重他的感受，收回自己的轻率和随意。

这个同学表面上的豁达，内心的悲苦，就是一个典型的分裂状态。如果你不喜欢这类玩笑和戏耍，完全可以正面表达你的感受。我相信，绝大多数人会郑重对待，改变做法。当然，可能部分人会恶作剧地坚持，但你如果强烈反抗，相信他们也要有所收敛。那些忍辱负重的微笑，如同错误的路标，让同学百无禁忌，终致酿成惨剧。

如果你愤怒，你就呐喊。如果你哀伤，你就哭泣。如果你热爱，你就表达。如果你喜欢，你就追求。

如果你愤怒，却佯作宽容，那不但是分裂，而且是混淆原则。如果你哀伤，却佯作欢颜，那不但是分裂，而且是对自己的污损。如果你热爱，却反倒逃避，那不但是分裂，而且是丧失勇气。如果你喜欢，却装出厌烦，那不但是分裂，而且是懦弱和愚蠢……

所有的分裂都是要付出代价的。轻的是那稍纵即逝的机遇，一去不复返。重的就像刚才说到的那位朋友，押上了宝贵的生命。最漫长而隐蔽的损害，也许是你一生郁郁寡欢沉闷萧索，每一天都在迷惘中度过，却始终不知道这是为什么。

一位女生，与我谈起她的初恋。其实恋爱是一个古老的话题，地球上曾经生活过的几百亿人都曾遭逢。但每一个年轻人，都以为自己的挫败独一无二。女生说她来自小地方，为了表示自己的先锋和前卫，在男友的一再强求下，和他同居了。后来，男友有了新欢抛弃了她。极端的忧虑和愤恨之下，女生预备从化工商店买一瓶硫酸。

你要干什么？我说。

他取走了我最珍贵的东西，我要把他的脸变成蜂窝。该女生网满红丝的眼睛，有一种母豹的绝望神情。

我说，最珍贵的东西，怎么就弄丢了？

女生语塞了，说，我本不愿给的，怕他说我古板不开放，就……

我说，既然你要做一个先锋女性，据我所知，这样的女性对无爱的男友，通常并不选择毁容。

女生说，可我忍不了。

我说，这就是你矛盾的地方了。你既然无比珍爱某样东西，就要千万守好，深挖洞，广积粮，藏之深山。不要被花言巧语迷惑，假手他人保管。你骨子里是个传统的女孩，你须尊重自己的选择。如果真要找悲剧的源头，我觉得是你和男友在价值观上有所不同。你在同居的时候崇尚“解放”，蔑视传统的规则。你在被遗弃的时候，又祭起了古老的道德。我在这里不作价值评判，只想指出你的分裂状态。你要毁他容颜，为一个不爱你的人，去触犯法律伤及生命，这又进入一个可怕的分裂状态了。人们认为恋爱只和激情有关，其实它和我们每个人的历史相连。爱情并不神秘，每个人都是背负着自己的世界观走向另一个人。

世上也许没有绝对的对和错，但有协调和混乱之分，有统一和分裂的区别。放眼看去，在我们周围，有多少不和谐、不统一的情形，在蚕食着我们的环境和心灵。

我们的身体，埋藏着无数灵敏的窃听器，在日夜倾听着心灵的对话。如果你生性真诚，却要言不由衷地说假话，天长日久，情绪就会蒙上铁锈般的灰尘。如果你不喜欢一项工作，却为了金钱和物质埋首其中，你的腰会酸，你的胃会痛，你会了无生活的乐趣，变成一架长着眼睛的机器。如果你热爱大自然，却被幽闭在汽油和水泥构筑的城堡中，你会渐渐惆怅枯萎，被榨干了活泼的汁液，压缩成一个标本。如果你没有相濡以沫的情感，与伴侣漠然相对，还要在人前做举案齐眉的恩爱夫妻状，那你会失眠会神经衰弱会得癌症……

这就是分裂的罪行。当你用分裂掩盖了真相，呈现出泡沫的虚假繁荣之时，你的心在暗中哭泣。被挤压的愁绪像燃烧的灰烬，火蛇无声地蔓延。将来的某一个瞬间，会嘭地燃放烈焰，野火四处舔舐，烧穿千疮百孔的内心。

分裂是一种双重标准。有人以为我们的心很大，可以容得下千山万水。不错，当我们目标坚定人格统一的时候，的确是这样。但当我们为自己设下了相左的方向，那相互抵消的劲道就会撕扯我们的心，让它皱缩成团，局促逼仄窒息难耐。

人是很奇怪的动物。如果你处在分裂的状态，你又要掩饰它，你就不由自主地虚伪。我听一位年轻的白领小姐说，她的主管无论在学识和人品上，都无法让她敬佩，可人在矮檐下，不得不低头。她怕主管发现自己的腹诽，就格外地巴结讨好甚至谄媚，结果虽然如愿以偿加了薪，可她不快乐、不开心。

我说，你可以只对她表示职务上、工作上的服从和尊重，而不臧否她的人品。

白领小姐说，我怕她不喜欢我。

我说，那你喜欢她吗？

白领小姐很快回答，我永远不会喜欢她。

我说，其实，我们由于种种的原因，不喜欢某些人，是完全正常的事情。不喜欢并不等于不能合作。如果你和你所不喜欢的上司，只保持单纯而正常的工作关系，这就是统一。但要强求如沐春风亲密无间，这就是分裂，它必然带来情绪的困扰和行动的无所适从。其结果，估计你的主管也不是个愚蠢女人，她会察觉出你的口是心非。

白领小姐苦笑说，她已经背后这样评价我了。

分裂的实质常常是不能自我接纳。我们压抑自己的真实感受，以为它是不正当、不光彩的，我们用一种外在的标准修正自己的心境和行为。这其实是一种自我欺骗，委屈了自己，也不能坦然对人。

有人说，找工作时，我想到这个单位，又想到那个机构，拿不定主意。要是能把两个单位的优点都集中到一起，就比较容易选择了。

有人说，找对象时，我想选定这个人，又想到那个人也不错，要是能把两个人的长处都放在一个人身上，那就很容易下定决心了。

当我们举棋不定的时候，通常就是一种分裂状态。你想把现实的一部分像积木一样拆下来，和另一部分现实组装起来，成为一个虚拟的世界。

这是对真实一厢情愿的阉割。生活就是泥沙俱下，就是鲜花和荆棘并存。尊重生活的本来面目，接受一个完整统一的真实世界，由此决定自己矢志不渝的目标，也许是应对分裂的法宝之一。

优点零

一位做儿童心理研究的朋友告诉我，他发给孩子们一张表，让每人填写自己的优缺点和美好的愿望。孩子们很认真地填好了，把表交上来，他一看，登时傻了眼。

很多孩子填的是——优点零，愿望零。

我对世上是否存在没有优点的成人，不敢妄说。但我确知世上绝无没有优点的孩子。我或许相信世上有丧失愿望的老人，但我无法想象没有愿望的孩子将有怎样枯萎的眼神。

不知道愿望和优点，这两样对人激励重大的要素假若排出丧失的顺序，该孰先孰后？是因为丧失了愿望，百无聊赖，才随之沉沦，成为没有优点的少年；还是一个孩子首先被剥夺了所有的优点，心如死灰，之后再也不敢奢谈一丝愿望？也许它们如同绞在一起的铅丝，分不出谁更冰冷？

没有愿望，必是一个死寂的世界。孩子不再期望黎明，因为每一天都被功课塞满，晴天看不到太阳，阴天见不到雪花，日出日落又有何不同。不再留意鲜花，因为世界一片苍白，眼中温暖的色彩变得暗淡。不再珍视夜晚，因为厚重的眼镜遮挡了星光，即使抬头也是睡眼蒙眬。不再盼望得到师长的嘉奖，因为那不过是成人裹了蜜糖的手段……

没有优点的孩子，内心该怎样痛楚。见过一个胖胖的男孩，当幼儿园老师第一次问：谁觉得自己是个美男子？他忙不迭地从最后一排挤到前面，表示自己属于其中一员。可惜他紧赶慢赶，动作还是晚了一点，另外有好几个男孩抢在前面，在老师面前自豪地排成一排。没想到老师伶牙俐齿地向他们说："还真有你们这么不知天高地厚的，竟觉得自己是美男子，臊不臊啊？"后来，那几个男孩子开始为自己的容貌羞涩，无法像以前那样快活。

这是一个简单的例子，但也可说明一点问题。每一个渐渐长大的孩子，如果成人爱他，他也会认为自己是可爱的。他会感觉到自己是天地间的一个宝贝，他的生命的存在就是一个大优点。假若成人粗暴地打击他、奚落他、嘲讽他、鞭挞他，那脆弱的小生灵就会被利剪截断双翅，从此萎靡下来，或许跌落尘埃一蹶不振。

看不到自身优点的人，也必看不到他人的优点。他们的谦恭，可能是高度自卑下的懦弱。他们的服从，可能掩饰着深深的妒忌和反叛。他们的忍让，可能埋藏着刻毒的怨恨。他们的赞美，可能表里不一、信口雌黄……

我以为愿望是人生强大的动力，假若人类丧失愿望，世界就在那一瞬停止了前进的引擎。因为有跑的愿望，人们有了汽车；因为有说话的愿望，人们有了电话；因为有飞的愿望，人们有了卫星；因为有传递和交换的愿望，人们有了互联网……

优点和愿望，是孩子们的双腿。希望有一天看到他们填写的表格上这样写着——优点多多，愿望无限。

暴雨筛

南方的女友讲过这样一个故事——

我35岁的时候，考上了夜大。每天下班后，要穿越五条街道去读书。一天傍晚，台风突然来了，暴雨像牛仔的皮带一样，翻卷着抽打天地。老师还会不会上课呢？我拿不准。那时电话还不普及，打探不到确实的消息。考虑了片刻，我穿上雨衣，又撑开一把伞，双重保险，冲出屋门。风雨中，伞立刻被劈开，成了几块碎布，雨衣鼓胀如帆，拼命要裹挟我去云中。我只有扔了雨衣，连滚带爬。渺无人迹的城市中，我惊慌地想到，是不是只有我一个人这样傻？也许今天根本就不上课。

我迟疑了片刻，但咬紧牙，继续向前。好不容易到了学校，贴身的衣服已像海带一般冷硬，牙齿像上了发条似的打战。没想到看门的老人说，从老师到学生，除了你，没有一个人来！

那一瞬，我非常绝望。不单是极端的辛苦化为泡沫，更有无穷的委屈和沮丧。

老人看我失魂落魄的样子，就让我进他的小屋歇口气。喝着他沏的热茶，我心灰意懒。伴着窗外瀑布般的水龙，老人缓缓地说："你以后会有大出息。"我说："我是一个大傻瓜啊。"

他说："所有学生里，只有你一个人来上学了。看，暴雨是一个筛子。胆小的、思前想后的，都被它筛了下去，留下了最有胆量和最不怕吃苦的人。"

那一瞬，好似空中打了一个闪电，我的心被照得雪亮。也许我不是三千名学生当中最聪明的，但今晚的暴雨让我知道了，我是三千名学生中最有胆量和毅力的人。

从那以后，我就多了自信。你晓得，天地万物都会来帮助一个自信的人。所以，我就一步步地有了今天的成功。

我说："那位老人，是你人生最重要的导师之一啊。"

造心

蜜蜂会造蜂巢。蚂蚁会造蚁穴。人会造房屋、机器，造美丽的艺术品和动听的歌。但是，对于我们最重要最宝贵的东西——自己的心，谁是它的建造者？

孔雀绚丽的羽毛，是大自然物竞天择造出。白杨笔直刺向碧宇，是密集的群体和高远的阳光造出。清香的花草和缤纷的落英，是植物吸引异性繁衍后代的本能造出。卓尔不群坚忍顽强的性格，是禀赋的优异和生活的历练造出。

我们的心，是长久地不知不觉地以自己的双手，塑造而成。

造心先得有材料。有的心是用钢铁造的，沉黑无比。有的心是用冰雪造的，高洁酷寒。有的心是用丝绸造的，柔滑飘逸。有的心是用玻璃造的，晶莹脆薄。有的心是用竹子造的，锋利多刺。有的心是用木头造的，安稳麻木。有的心是用红土造的，粗糙朴素。有的心是用黄连造的，苦楚不堪。有的心是用垃圾造的，面目可憎。有的心是用谎言造的，百孔千疮。有的心是用尸骸造的，腐恶熏天。有的心是用眼镜蛇唾液造的，剧毒凶残。

造心要有手艺。一只灵巧的心，缝制得如同金丝荷包。一罐古朴的心，醇厚得好似百年老酒。一枚机敏的心，感应快捷电光石火。一颗潦草的心，门可罗雀疏可走马。一摊胡乱堆就的心，乏善可陈杂乱无章。一片编织荆棘的心，暗设机关处处陷阱。一道半是细腻半是马虎的心，好似白蚁蛀咬的断堤。一个绣花枕头内里虚空的心，是假冒伪劣心界的水货。

造心需要时间。少则一分一秒，多则一世一生。片刻而成的大智大勇之心，未必就不玲珑。久拖不绝的谨小慎微之心，未必就很精致。有的人，小小年纪，就竣工一颗完整坚实之心。有的人，须发皆白，还在心的地基挖土打桩。有的人，半途而废不了了之，把半成品的心扔在荒野。有的人，成百里半九十，丢下不曾结尾的工程。有的人，精雕细刻一辈子，临终还在打磨心的剔透。有的人，粗制滥造一辈子，人未远行，心已灶冷坑灰。

心的边疆，可以造得很大很大。像延展性最好的金箔，铺设整个宇宙，把日月包含。没有一片乌云，可以覆盖心灵辽阔的疆域。没有哪次地震火山，可以彻底颠覆心灵的宏伟建筑。没有任何风暴，可以冻结心灵深处喷涌的温泉。没有某种天灾人祸，可以在秋天，让心的田野颗粒无收。

心的规模，也可能缩得很小很小，只能容纳一个家、一个人、一粒芝麻、一滴病毒。一丝雨，就把它淹没了。一缕风，就把它粉碎了。一句流言，就让它痛不欲生。一个阴谋，就置它万劫不复。

心可以很硬，超过人世间已知的任何一款金属。心可以很软，如泣如诉如绢如帛。心可以很韧，千百次的折损委屈，依旧平整如初。心可以很脆，一个不小心，顿时香消玉碎。

造心的时候，可以有很多讲究和设计。

比如预埋下一处心灵的生长点，像一株植物，具有自动修复、自我养护的神奇功能。心受了创伤，它会挺身而出，引导心的休养生息，在最短的时间内，使心整旧如新。

比如高高竖起心灵的避雷针，以便在危急时刻，将毁灭性的灾难导入地下，耐心等待雨过天晴。

比如添加防震防爆的性能，在心灵遭受短时间高强度的残酷打击下，举重若轻，镇定地维持蓬勃稳定。

比如……

优等的心，不必华丽，但必须坚固。因为人生有太多的压榨和当头一击，会与独行的心灵，在暗夜狭路相逢。如果没有精心的特别设计，简陋的心，很易横遭伤害一蹶不振，也许从此破罐破摔，再无生机。没有自我康复本领的心灵，是不设防的大门。一汪小伤，便漏尽全身膏血。一星火药，便可烧毁绵延的城堡。

心为血之海，那里汇聚着每个人的品格智慧精力情操，心的质量就是人的质量。有一颗仁慈之心，会爱世界爱人爱生活，爱自身也爱大家。有一颗自强之心，会勤学苦练百折不挠，宠辱不惊大智若愚。有一颗尊严之心，会珍惜自然善待万物。有一颗流量充沛羽翼丰满的心，会乘上幻想的航天飞机，抚摸月亮的肩膀。

造心是一项艰难漫长的工程，工期也许耗时一生。通常是母亲的手，在最初心灵的模型上，留下永不消退的指纹。所以普天下为人父母者，要珍视这一份特别庄重的义务与责任。

当以我手塑我心的时候，一定要找好样板，郑重设计，万不可草率行事。造心当然免不了失败，也很可能会推倒重来。不必气馁，但也不可过于大意。因为心灵的本质，是一种缓慢而精细的物体，太多的揉搓，会破坏它的灵性与感动。

造好的心，如同造好的船。当它下水远航时，蓝天在头上飘荡，海鸥在前面飞翔，那是一个神圣的时刻。会有台风，会有巨涛。但一颗美好的心，即使巨轮沉没，它的颗粒也会在海浪中，无畏而快乐地燃烧。

呵护心灵

那一年我十七岁，在西藏雪域的高原部队当卫生兵，具体工作是化验员。

一天，一个小战士拿着化验单找我，要求做一项很特别的检查。医生怀疑他得了一种古怪的病，这个试验可以最后确诊。

试验的做法是：先把病人的血抽出来，快速分离出血清。然后在摄氏五十六度的条件下，加温三十分钟。再用这种血清做试验，就可以得出结果来了。

我去找开化验单的医生，说，这个试验我做不了。

医生说，化验员，想想办法吧。要是没有这个化验的结果，一切治疗都是盲人摸象。

听了医生的话，本着对病人负责的精神，我还仔细琢磨了半天，想出一个笨法子，就答应了医生的请求。

那个战士的胳膊比红蓝铅笔粗不了多少，抽血的时候面色惨白，好像是要把他的骨髓吸出来了。

我点燃一盏古老的印度油灯。青烟缭绕如丝，好像有童话从雪亮的玻璃罩子里飘出。柔和的茄蓝色火焰吐出稀薄的热度，将高原严寒的空气炙出些微的温暖。我特意做了一个铁架子，支在油灯的上方。架子上安放一只盛水的烧杯，杯里斜插水温计，红色的汞柱好像一条冬眠的小蛇，随着水温的渐渐升高而舒展身躯。

当烧杯水温到五十六摄氏度的时候，我手疾眼快地把盛着血清的试管放入水中，然后双眼一眨不眨地盯着温度计。当温度升高的时候，就把油灯向铁架子的边移动。当水温略有下降的趋势，就把火焰向烧杯的中心移去。像一个烘烤面包的大师傅，精心保持着血清温度的恒定……

时间艰难地在油灯的移动中前进，大约到了第二十八分钟的时间，一个好朋友推门进来。她看我目光炯炯的样子，大叫了一声说，你不是在闹鬼吧，大白天点了盏油灯！

我瞪了她一眼说，我是在全心全意地为病人服务，正像孵小鸡一样地给血清加温呢！

她说，什么血清？血清在哪里？

我说，血清就在烧杯里呀。

我用目光引导着她去看我的发明创造。当我注视到水银计的时候，看到红线已经膨胀到七十摄氏度。劈手捞出血清试管，可就在我说这一句话的工夫，原本像澄清茶水一般流动的血清，已经在热力的作用下，凝固得像一块古旧的琥珀。

完了！血清已像鸡蛋一样被我煮熟，标本作废，再也无法完成试验。

我恨不得将油灯打得粉碎。但是油灯粉身碎骨也于事无补，我不该在关键时刻信马由缰。现在面临的问题是我该怎么办，空白化验单像一张问询的苦脸，我不知填上怎样的回答。

最好的办法是找病人再抽上一管鲜血，一切让我们重新开始，但是病人惜血如命，我如何向他解释？就说我的工作失误了吗？那是多么没有面子的事情！人人都知道我是一个尽职尽责的好化验员，这不是给自己抹黑吗？

想啊想，我终于设计出了如何对病人说。

我把那个小个兵叫来，由于对疾病的恐惧，他如惊弓之鸟战战兢兢。

我不看他的脸，压抑着心跳，用一个十七岁女孩可以装出的最大严肃对他说：我已经检查了你的血，可能……

他的脸刷地变成霜地，颤抖着嗓音问，我的血是不是有问题？我是不是得了重病?

这个……你知道像这样的检查，应该是很慎重的，单凭一次结果很难下最后的结论……

说完这句话，我故意长时间地沉吟着，一副模棱两可的样子，让他在恐惧的炭火中慢慢煎熬，直到相信自己罹患重疾。

他瘦弱的头颅点得像啄木鸟，说，我给你添了麻烦，可是得了这样的病，没办法……

我说，我不怕麻烦，只是本着对你负责，对你的病负责，还要为你复查一遍，结果才更可靠。

他苍白的脸立刻充满血液，眼里闪出星星点点的水斑。他说，化验员，真是太谢谢了，想不到你这样年轻，心地这样好，想得这么周到。

小个子说着，几乎是迫不及待地撸起袖子，露出细细的臂膀，让我再次抽他的血。

我心里窃笑着，脸上还做出不情愿的样子，很矜持地用针扎进他的血管。这一回，为了保险，我特意抽了满满的两管鲜血，以防万一。

古老的油灯又一次青烟缭绕，我自始至终都不敢大意，终于取得了结果。

他的血清呈阴性反应。也就是说——他没有病。

再次见到小个子的时候，他对我千恩万谢。他说，化验员哪，你可真是认真哪。那一次通知我复查，我想一定是我有病，吓死我了。这几天，我思前想后，把一辈子的事都想过了一遍。幸亏又查了一次，证明我没病。你为病人真是不怕辛苦啊！

我抿着嘴不吭声。

后来领导和同志们知道了这样事，都夸我工作认真并谦虚谨慎。

在以后很长的时间里，我都为自己当时的灵动机智而得意。

我的年纪渐长，青春离我远去，肌体像奔跑过久的拖拉机，开始穿越病魔布下的沼泽。有一天，当我也面临重病的笼罩，对最后的化验结果望穿秋水的时候，我才懂得了自己当年的残忍。我对医生的一颦一笑察言观色，我千百次地咀嚼护士无意的话语。我明白了，当人们忐忑在生死边缘时，心灵是多么的脆弱。

为了掩盖自己一个小小的过失，不惜粗暴地弹拨病人弓弦般紧张的神经，我感到深深的懊悔。

我们可以吓唬别人，但不可吓唬病人。当他们患病的时候，精神是一片深秋的旷野，无论多么轻微的寒风，都会引起萧萧黄叶的凋零。

让我们像呵护水晶一样呵护人的心灵。

你永不要说

二十年前，我在西部边陲的某部队留守处当军医，主要给随军家属看病。婆姨们的男人都在昆仑山上戍边，家里母子平安，前方的将士就英勇。我的工作很重要。

家眷都是从天南地北会聚来的。原来在农村，地广人稀，空气新鲜，不易患病。现在像羊群似的赶在一起，加之西北干燥寒冷，病人不断，忙得我不亦乐乎。

我的助手是卫生员小鲁，一个四川籍的小个子兵，长得没什么特色，只是一对眼睛又黑又亮，叽里咕噜地转，像蜜炼的中药丸。正是“文革”期间，他没接受过正规培训，连劳动带扔手榴弹加在一起，算上了几个月的卫生员训练班。不过心灵手巧，打针、换药、针灸都在行。每天围着我问这问那，总说学好了本领，回家给他奶奶瞧病去。他奶奶有很严重的气管炎，喘得像堵了一半的烟筒。

一天他对我说，毕医生，我想买点青霉素给我奶奶治病。我给他开了处方，他买了药寄回去。过了些日子，他说奶奶的病比以前好多了，我们都为他高兴。可是青霉素用完了，想再买些。我又给他开了处方，这次他没拿到药。领导说药不多了，工作人员不能老自己买，得留给病人用。

边防站乔站长的独生子小旗病了。我开了青霉素打针，那剂量对一个五岁的孩子来说，足够大的。我向来崇尚毛主席老人家说的集中优势兵力打歼灭战的计策，用地毯式轰炸。

连续打了四天针，孩子的病势丝毫不见轻。我很纳闷，这种怪症最近不断出现，用药像泼凉水一样。好像是一种极耐药的病菌侵袭了孩子。

有人说，这医生的医术不高。这么年轻，自己没生过孩子，哪里会给孩子瞧病?

我说，我还没上过战场呢，可我治好过枪伤。

人们不再说什么，但孩子的病日渐沉重。我只有查书，把厚厚的书页翻得如同柳絮飞花，怕自己贻误了小小的生命。

终于有一天，小旗的妈妈怯生生地问我，您给我儿开的药，是一瓶还是半瓶?

我说，是一瓶啊。

她有些迟疑地说，那小鲁给我家小旗每次打的都是半瓶。

我的心嗖地紧缩成一团，像腊月天里一个冻硬了的馒头。这个小鲁！一定是他克扣了病人的药品，把青霉素私存起来，预备寄回家。

小鲁呀小鲁，这不是儿戏，人命关天！

我该怎么办？

当下顶要紧的是赶快给小旗补上一针。

之后我想了许久。

报告领导吗，小鲁从此就毁了。贪污病人的药品，就是贪污病人的生命。置之不理，更不行。要是让病人家属知道了，要是病人因此有个三长两短，非得有人找他拼命。

我把小鲁叫出来，对他说，小旗的病若是治不好，会转成肾炎、关节炎、心脏病……

他惊愕地瞪圆眼睛，说真有这么严重？没有人给我们讲过这些，训练班里就讲过打针的时候要慢慢推药，病人不疼。

我说，我知道你惦记你的奶奶，可你知道每一个病人都有亲人。你的心里除了装着你的奶奶，也要给别人留个地方……

我说，你不要以为打针不过是把一些水推到肉里，就像盐进了大海，谁也看不见。不是的，科学是谁也蒙骗不了的，用了什么药该出现什么疗效，那是一定的。假如出了意外，那可就是出了医院进法院……

他的脸变得像包中药丸的蜡壳一样白。

“毕医生，我……我……”他说。

我赶快堵住他的嘴，就像黄继光堵枪眼一样果断。哦，别说。什么也别说。世界上有些事情，记住，永不要说。

你不说，就没有任何人知道。

你不知道我不知道，我们永远都不需要知道。不要把错误想得那么分明。不要去讨论那个过程，把它像标本一样在记忆中固定。有些事情不值得总结，忘记它的最好方法就是绝不回头。也许那事情很严重，但最大的改正是永不重复。

小鲁的眼泪流下来。我不怕眼泪，我怕他说话。还好，他很聪明，听懂了我的话，什么也没有说。

我长长地吁了一口气。

后来，小旗的病很快好了，留守处再也没有出现过用药不灵的怪症。

再后来，小鲁因为工作认真负责，对病人春风般温暖，被送到军医大学学习，成了一名很优秀的医生。

只是不知他奶奶的病好了没有。有这么孝顺的孙子，该是好了的。

慈悲

“慈”在字典上的意思是“和善”。当我们轻轻地念出“慈”的时候，心中会涌起感动。会想起慈母手中长长的丝线，会想到父亲远去的背影。我们还会想到慈眉善目，想到慈祥和慈悲……

悲是人的七情之一，指痛彻心肺的哀伤，也包含着怜悯和凄凉，比如，悲歌悲剧悲欢离合……

当慈和悲这两个字连在一起的时候，就发生了奇妙的变化。你会发现它们都以一颗心做底。古人造字是很讲究的，他们在这两个字中注入了自己的体验，也期待着所有喜欢这两个字的人，都会共鸣和震撼。

如果一个人把自己的财富拿出来帮助别人，就等于伸出了自己结实的臂膀，因为劳动者的每一分钱都是他用双手换来的。如果一个人把自己的时间拿出来帮助别人，就等于馈赠出了自己生命的一部分。因为生命是由时间组成的。如果一个人把自己的血液和骨髓捐献出来帮助别人，那么这个人的一生就超越了自我，被放大成人类最美丽的故事，成为一种充满勇敢和友爱的慈悲。

让我们携起手来，用我们的劳动，用我们的时间，用我们的血脉和生命，化作春风，让人间温暖。

自信第一课

1972年的一天，领导通知我速去乌鲁木齐报到，新疆军区军医学校在停顿若干年后这一年第一次招生，只分给阿里军分区一个名额，首长经过研究讨论决定让我去。

按理说，我听到这个消息应该喜出望外才是。且不说我能回到平地，吸足充分的氧气，让自己被紫外线晒成棕褐色的脸庞得到“休养生息”，就是从学习的角度讲，“重男轻女”的部队能够把这样宝贵的唯一的名额分到我头上，也是天大的恩惠了。但是在记忆中，我似乎对此无动于衷，也许是雪山缺氧把大脑冻得迟钝了。我收拾起自己简单的行李，从雪山走下来，奔赴乌鲁木齐。

1969年，我从北京到西藏当兵，那种中心和边陲的，文明和旷野的，优裕和茹毛饮血的，高地和凹地的，温暖和酷寒的，五颜六色和纯白的……一系列剧烈反差让我的心发生了沧海桑田般的变化。面临死亡咫尺之遥，面对冰雪整整三年，我再也不是当初那个天真烂漫的城市女孩，内心已变得如同喜马拉雅山万古不化的寒冰般苍老。我不会为了什么突发事件和急剧的变革而大喜大悲，只会淡然承受。

入学后，从基础课讲起，用的是第二军医大学的教材，教员由本校的老师和新疆军区总医院临床各科的主任、新疆医学院的教授担任。记得有一次，考临床病例的诊断和分析，要学员提出相应的治疗方案。那是一个不复杂的病案，大致的病情是由病毒引起重度上呼吸道感染，病人发烧、流涕、咳嗽，血象低，还伴有一些阳性体征。我提出方案的时候，除了采用常规的治疗外，还加用了抗生素。

讲评的时候，执教的老先生说："凡是在治疗方案里使用了抗生素的同学都要扣分。因为这是一个病毒感染的病例，抗生素是无效的。如果使用了，一是浪费，二是造成抗药，三是无指征滥用，四是表明医生对自己的诊断不自信，一味追求保险系数……"老先生发了一通火，走了。

后来，我找到负责教务的老师，讲了课上的情况，对他说："我就是在方案中用了抗生素的学员。我认为那位老先生的讲评有不完全的地方，我觉得冤枉。"

教务老师说："讲评的老先生是新疆最著名的医院的内科主任，

在国民党的军队里做到很高的医官，他的医术在整个新疆是首屈一指的。把这位老先生请来给你们讲课，校方已冒了很大的风险。他是权威，讲得很有道理。你有什么不服的呢？”

我说：“我知道老先生很棒。但是具体问题要具体分析。他提出的这个病例并没有说出就诊所在的地理位置。比如要是在我的部队，在海拔5000米以上的高原，病员出现高烧等一系列症状，明知是病毒感染，一般的抗生素无效，我也要大剂量使用。因为高原气候恶劣，病员的抵抗力大幅度下降，很可能合并细菌感染。如果到了临床上出现明确的感染征象时才开始使用抗生素，那就晚了，来不及了。病员的生命已受到严重威胁……”

教务老师沉默不语。最后，他说：“我可以把你的意见转告给老先生，但是，你的分数不能改。”

我说：“分数并不重要。您听我讲完了看法，我已知足了。”

教室的门开了，校工闪了进来，搬进来一把木椅子摆在讲案旁，且侧放。我们知道，老先生又要来了。也许是年事已高，也许是习惯，总之，老先生讲课的时候是坐着的，而且要侧着坐，面孔永远不面向学生，只是对着有门或有窗的墙壁。不知道他这是积习，还是不屑于面对我们，或是有什么难言之隐。

这一次，老先生反常地站着。他满头白发，面容黢黑如铁，身板挺直如笔管，让我笃信了他曾是国民党医官一说。

老先生目光如锥，直视大家，音量不大，但在江南口音中运了力道，话语中就有种清晰的硬度了。他说："听说有人对我的讲评有意见，好像是一个叫毕淑敏的同学。这位同学，你能不能站起来，让我这个当老师的也认识你一下？"

我只有站起来。

老先生很注意地看了我一眼，说："好。毕淑敏，我认识你了，你可以坐下了。"

说实话，那几秒钟真把我吓坏了。不过，有什么办法呢？说出的话就像注射到肌肉里的药水一样，是没办法抠出来的。

全班寂静无声。

老先生说："毕淑敏，谢谢你。你是好学生，你讲得很好。你的话里有一部分不是从我这儿学到的，因为我还没有来得及教给你那么多。是的，作为一个好的医生，一定不能全搬书本，一定不能教条，要根据具体的情况决定治疗方案。在这一点上，你们要记住，无论多么好的老师，也不可能把所有的规则都教给你们。我没有去过毕淑敏所在的那个5000米高的阿里，但是我知道缺氧对人的影响。在那种情况下，她主张使用抗生素是完全正确的。我要把她的分数改过来……"

我听到教室里响起一阵轻微的欢呼。因为写了抗生素治疗的不仅我一个，很多同学都为这一改正而欢欣。

老先生紧接着说："但在全班，我只改毕淑敏一个人的分数。你们有人和她写的一样，还是要被扣分。因为你们没有说出她那番道理，是知其然而不知其所以然。你现在再找我说也不管事了，即使你是冤枉的也不能改。因为就算你原来想到了，但对上级医生的错误没敢指出来。对年轻的医生来说，忠诚于病情和病人，比忠实于导师要重要得多。必要的时候，你宁可得罪你的上司，也万万不能得罪你的病人……"

这席话掷地有声。事过这么多年，我仍旧能够清晰地记得老先生如锥的目光和舒缓但铿锵有力的语调。平心而论，他出的那道题目是要求给出在常规情形下的治疗方案，而我竟从某个特殊的地理环境出发，并苛求于他。对一个初出茅庐的年轻人的不够全面的异议，老先生表现出了虚怀若谷的气量和真正的医生应有的磊落品格。

真的，那个分数对我来说完全不重要，重要的是我在此番高屋建瓴的话语中悟察到了一个优等医生的拳拳之心。

我甚至有时想，班上同学应该很感激我的挑战才对。因为没过多长时间，老先生就因为身体的关系不再给我们讲课了。如果不是我无意中创造了这个机会，我和同学们的人生就会残缺一段非常宝贵的教诲。

我的三年习医生涯，在我的生命中是一个重大的转折。我从生理上洞察人体，也从精神上对自己有了更多的信任。我知道了我们的灵魂居住在怎样的一团组织之中，也知道了它们的寿命和局限。如果说在阿里的时候我对生命还是模模糊糊的敬畏，那么，老师的教诲使我确立了这样的观念：一生珍爱自身，并把他人的生命看得如珠似宝，全力保卫这宝贵而脆弱的珍品。

蚕是被自己的丝裹住的

蚕是被自己的丝裹住的，这是一个真理。每一个养过蚕的人和没有养过蚕的人，都知道这件事。蚕丝是一寸一寸吐出来的，在吐的时候，蚕昂着头，很快乐专注的样子。蚕并没有意识到，正是自己的努力劳动才将自己的身体束缚得紧紧的。直到被人一股脑丢进开水锅里煮死，然后那些美丽的丝成了没有生命的嫁衣。

这是蚕的悲剧。当我们说到悲剧的时候，不由自主地持了一种观望的态度。也许，是“剧”这个词将我们引入歧途，以为他人是演员，而我们只是包厢里遥远的、安全的看客。其实，作茧自缚的情况绝不如想象的那样罕见，它们广泛地存在于我们周围，空气中到处都飘荡着纷飞的乱丝。

钱的丝飞舞着。很多人在选择以钱为生命指标的时候，看到的是钱所带来的便利和荣耀。钱是单纯的，但攫取钱的手段不是那样单纯。把一样物品作为自己奋斗的目标，它的危险不在于这物品本身，而在于你是怎样获取它并消费它。或许可以说，收入的能力还比较容易掌握，支出它的能力则和人的综合素质有极大的关系，在这个意义上讲，有些人是不配享有大量的金钱的。如同一个头脑不健全的人，如果碰巧有了很大的蛮力，那么无论是对于本人还是对于他人都不是一件幸事。在一个社会财富和个人财富飞速增长的时代，钱是温柔绚丽的，钱也是漂浮迷茫的，钱的乱丝令没有能力驾驭它的人窒息，直至被它绞杀。

爱的丝也如四月的柳絮一般飞舞着，迷乱我们的眼，雪一般覆盖着视线。这句话严格说起来是有语病的。真正的爱不是诱惑是温暖，只会使我们更勇敢和智慧，但的确有很多人被爱包围着，时有狂躁。那就是爱得没有节制了。没有节制的爱如同没有节制的水和火一样，甚至包括氧气，同是灾难性的。

水火无情，大家都是知道的。但是谈到氧气，那是一种多么好的东西啊。围棋高手下棋的时候，吸氧之后，妙招迭出，让人疑心气袋之中是否藏有古今棋谱。记得我学习医科的时候，教授讲过这样一个故事。一名新护士值班，看到衰竭的病人呼吸十分困难，用目光无声地哀求她——请把氧气瓶的流量开得大些。出于对病人的悲悯，加上新护士特有的胆大，当然，还有时值夜半，医生已然休息的原因，几种情形叠加在一起，于是她想，对病人有好处的事想来医生也该同意的，就在不曾请示医生的情况下，私自把氧气流量表拧大。气体通过湿化瓶汩汩地流出，病人顿感舒服，眼中满是感激的神色，护士就放心地离开了。那夜，不巧来了其他的急重病人，当护士忙完之后，捋着一头的汗水再一次巡视病房时，发现那位衰竭的病人已然死亡。究其原因，关键的杀手竟是氧气。高浓度的氧气抑制了病人的呼吸中枢，让他在安然的享受中丧失了自主呼吸的能力，悄无声息地逝去了……

很可怕，是不是？丧失节制，就是如此恐怖，它令优美变成狰狞，使怜爱演为杀机。

谈到爱的缠裹带给我们的灾难，更是俯拾即是，放眼观察，会发现很多。多少人为爱所累，沉迷其中，深受其苦。在所有的蚕丝里面，我以为爱的丝可能是最无形而又最柔韧的一种，挣脱它也需要极高的能力和技巧。这当中的奥秘，需每一个人细细揣摩。

还有工作的丝、友情的丝、陋习的丝、嗜好的丝……或松或紧地围绕着我们，令我们在习惯的窠臼当中难以自拔。

每逢这种时候，我们常常表现得很无奈很无助，甚至还有一点点敝帚自珍的狡辩。常常可以听到有人说：“我也知道自己的毛病，也不是不想改，可就是改不掉。我就是这样一个人了……”当他说完这些话的时候，就好像对自己和对众人都有了一个交代，然后脸上显出坦然无辜的样子，仿佛合上了牛皮纸封面的卷宗。

每当这种时候，我在悲哀的同时也升起怒火。你明知你的茧是你自己吐的丝凝成的，你挣扎在茧中，你想突围而出。你遇到了困难，这是一种必然，但你为自己找了种种的借口，你向你的丝退却了。你一面吃力地咬断包围你的丝，一面更汹涌地吐出你的丝，你是一个作茧自缚的高手，你比推石头的西西弗斯还惨。他的石头只是滚下又滚下，起码没有变得更大、更沉重，你的丝却在这种突围和自缚的交替中汲取了你的气力，蚕食了你的信心，它令你变得越来越不喜爱自己，退缩着在茧中藏得更深。

我们每个人都有一些茧，这些茧背负在我们的身上，吸取着我们的热量，让我们寒冷，令前进的速度受限。撕碎这茧，没有外力可供支援，只有靠自己的心和爪。

茧破裂的时候，是痛苦的。茧是我们亲手营造的小世界。茧的空间虽是狭窄的，却也是相对安全的，甚至一些不良的嗜好，当我们沉浸其中的时候，感受到的也是习惯成自然的熟络。打破了茧的蚕，被寒冷的空气、闪亮的阳光、新锐的声音、陌生的场景……刺激着、扰动着，挑战接踵而来。这种时刻的不安极易诱发退缩，但它是正常和难以避免的，是有益和富于建设性的。你会在这种变化当中感受到生命爆发的张力，你知道你活着、痛着并且成长着。

有很多人终身困于他们自己的茧中。这是他们自己的选择，当生命结束的时候，他们也许会恍然大悟：世界只是一个茧，而自己未曾真正地生活过。

假如我重新走过中学

假如我在2000年变成一个少年，重新走过中学……我想我要做的第一件事，是请父母吃顿饭（这顿饭要我自己亲手做。手艺不精，就吃鸡蛋炒米饭好啦，重在参与）。饭后庄严宣布，我感谢以往他们为我做过的一切。今后不要再把我当作一个小孩，请注意我已长大。

我要保持心情愉快。童年的快乐，比较简单。比如一块巧克力，就会让我们高兴。随着年龄的增长，我们有了忧愁。老师的骂、妈妈的唠叨、同学的争执、考试的失利……都会使情绪暗淡。我要寻找生活中美好快乐的时光，让光明笼罩心胸。

把身体锻炼得棒棒。因为它是陪伴我们一生的朋友。增强自己的勇气和耐力，将来的竞争很激烈。务必珍视眼睛的健康。

要有一两个知心的朋友，高兴的时候我们在一起眉飞色舞，悲伤的时候我哭她也哭，然后一起破涕为笑。

尽量地多看一些课外书。用眼光的雷达，扫视着最新的科技进展。像一个守财奴似的，贪婪地积聚各方面的知识，储藏在脑海中。

还有很多愿望……因为我变不成一个中学生，所以我说了也是白说。我告诉大家，是希望有人能把这些话做个参考。

客串一把希望

人的许多遭遇，来源于多管闲事。

我和中央人民广播电台的胡导演只是泛泛之交，听说她想搞一台与希望工程有关的节目，也是左耳听、右耳冒，并没有怎样放在心上。后来我无意中得知北京西苑饭店有一个关于希望工程的活动，就鬼使神差地给她打了一个电话。

我告诉她：“北京西苑饭店把预备搞店庆的20万元拿出来，捐助了希望工程。这还不算，他们的1000多名职工，每人又捐了300元钱，凑起来就是50多万了。他们要在河北张家口最贫困的坝上草原找一个最偏远的乡村建一所希望小学。明天他们正好有车去勘察校址，不过车已安排满了……”

“哎呀呀，太好啦！”我话还没有说完，就被胡导演激动地打断了，“太好了，我一定要跟去采访。请帮我再联系一下，就说你将跟我一起去。如果你不肯帮我，我就一个人去。先坐火车到张家口，再转长途汽车，一定要跟踪采访。我是真想为贫困地区的孩子们做点事，让更多的人知道那里的真实情况……”

我被她破釜沉舟的勇气吓了一跳。要知道她已是五十多岁的老妇人了，还得过癌症。

我做过许多年的医生，对病人有一种与生俱来的悲悯情感。忙说：“胡导您别急，我虽说跟饭店也不很熟，但我马上给他们打个电话，再试试。”

西苑饭店答应了我们的请求。第二天清晨，我和胡导演裹着厚厚的羽绒服，挤进人满为患的面包车，蜷缩在最后一排，开始了漫长的“坝上之行”。

河北北部和内蒙古高原接壤的广袤草原，俗称“坝上”。坝，其实只是一道小小的棱坎，但在它之北，地势猛然抬高，这就成为富裕平原和苦寒高原的分水岭。

“这里的水没被污染，矿泉水一般，空气也很清新。”我对身旁当地向导说，竭力找出坝上的优点。

“张家口穷啊。13个县里有10个是国家级的贫困县，年人均收入不高，这都是和水有关系的啊。张家口在北京的上风头，北京人吃的水都是打张家口这搭子流下去的。为了保证首都人民能喝到一盆净水，张家口不能建任何耗水量巨大和有污染的工业。没有工业，张家口就穷啊！俺们心里说，北京人是要喝水，可张家口人也要吃饭啊……”

向导愁苦的话，使我和胡导作为北京人，汗颜不止。

我们来到一所小小的山区学校。解放前是旧庙，供的是送子娘娘。四十多年过去了，这里残垣断壁、四处漏风，窗户上没有玻璃，糊着黄脆的报纸，桌椅都是由破板条钉成的，叫人不敢贸然坐下。

胡导拿出她的武器——日本索尼公司出品的采访专用机，据说值几万块钱，灵敏得连头发丝飞舞的声音都可记录在音带上。

我这才知道胡导要的是连续性的广播特写剧。简言之，就是一切必须是真人真事，但不借助文字，不借助画面，全凭各种真实的声音来传达主题，塑造人物。

我真不知道世上还有这般受制约的艺术形式，简直就是一种盲人的认知方式，全靠耳朵了。

于是胡导工作的程序独特而有趣。

她用树枝把鸡鸭赶得一路鸣叫不止，用石块把狗打得昂首狂吠，用干草引诱小羊咩咩地哼……就是要录下农村的音响。在水井边，录下辘轳旋转的频率和水桶“扑通扑通”的节奏，在牲口圈里录下骡子、马嚼料的动静。当然她录得最多的是孩子诉说无钱读书时的呜咽，录下课堂里孩子们琅琅背书声，录下西苑饭店人们为寻找校址在雪地的跋涉声，录下一个从未走出过小山村的女孩对外面世界的向往……胡导甚至使劲推一把那摇摇欲坠的破课桌，让它发出可怕的“吱呀”声，把窗户上的报纸的破洞撕得大一些，让风的鸣叫显得更为凄厉……

我帮不上忙，只有好奇地观看。胡导对人物和声音的要求简直到了苛刻的地步。比如一个农村男孩说他的妈妈被人贩子拐走了，自己要好好读书，长大了要把妈妈找回来……我以为已经很精彩。胡导搓着因为拎机器被冻僵了的双手说：“我还想让他唱一首歌，就是《世上只有妈妈好》。到时候把他的故事和他的歌一道播出来，一定会有催人泪下的效果……”

主意当然不错，实施起来却很困难。那个孩子倒是会唱这首红遍中国的儿歌，可怯场认生，对着胡导像警棍一般的录音话筒，哆哆嗦嗦地连气都喘不匀，更甭提唱歌了。胡导软硬兼施，搬来孩子的老师启发诱导，但小家伙双唇紧闭，一副宁死不屈的架势，再逼得急了，眼圈就红了。

我不忍看着孩子受煎熬，就说：“胡导，差不多就行了。”

胡导说：“作家，你身上带着什么好吃的、好玩的东西没有？”

我说：“我被你拉着从北京‘仓皇出逃’，实无一点多余的物资可供你施以收买之计。”

胡导不死心说："请清仓挖潜。你既身为作家，笔总是有一支的吧？"

我只好说："那倒是有的。"

她说："请借我一用。"

胡导拿了我的笔，拔掉笔帽，把笔尖像火炬似的在孩子眼前晃啊晃。

"你唱一支歌，我就把这支笔送给你。"胡导对山里的孩子说，那神情就像当年的日本鬼子诱骗我儿童团员，急不可耐。

孩子的眼光嗖地亮了。

"好，我唱。"他耸着通红的小鼻子说。

那支他从未见过的精美的签字笔，极大地诱惑了贫困中的孩子，欲望战胜了恐惧，他大声地唱起来。

"世上只有妈妈好，没妈的孩子像根草……"稚气而略带凄楚的歌声在寂寞的草原上流动。

质量精良的磁带平稳地转动着，这个北中国要读书去寻找妈妈的孩子的歌声，就永远地储存下来了。在未来的日子里，会有许许多多的人，通过电波听到他的歌声，也许他的妈妈也会听到的。

为了录下村民关于建造希望小学的反响，胡导把老的、小的、男的、女的……上至八十岁的老媪，下到学龄前的顽童，都请到她的机器前，方方面面很有代表性了，胡导却皱着很疏淡的眉毛说："不典型。有什么音响能叫人一听就知道这里是极偏远的农村呢？”

她牵着我无目的地在村里走来走去，推开每一座低矮的柴门。可惜乡亲们都操着一样的方言土语，除了感激再说不出其他的话。

我几次劝她就此打住，胡导置之不理。终于在一间小屋前，她大叫一声，说：“总算找到了！”

我们走进一间店铺，铁锹、铁锄、铁斧、铁铧犁堆积一地，叮当乱响，艳红的炉火将老铁匠的脸镀上金箔。真是踏破铁鞋无觅处，得来原在“铁匠铺”啊！

胡导乐得手舞足蹈，录下了风箱的轰响声，淬火时的炸裂声，铁锤与铁砧击打时的铿锵之音……在这独特的背景音乐下，老铁匠一板一眼地说：“人人都在念叨修学校的事啊。好啊，修了学校，庄户孩子有了学问，就能出贵人，做大官。官人回家时就修桥修路。穷山沟就有了指望、就有了盼头了。”

出了铁匠铺，我说：“这回您该满意了吧，胡导。”

胡导笑眯眯地说：“满意了。可是还得找，小山村的潜力大着呢！”

我们疲惫不堪地继续“侦察”，终于又发现了一家小杂货铺。老板娘把卫生球一样坚硬的水果糖“当”的一声扔进铜制的秤盘里，节奏脆得像子弹落地；醋灌进坛子的动静颇像有人溺水的“咕咚”声；红糖落在旧报纸卷成的圆锥形包装袋里，其响声恰似孩童堆的沙塔缓缓地倒了……

老板娘快人快语："读书好啊，在家里能算个账，上了街能认识男女厕所，进饭馆别人骗不了你，遇着事多个脑瓜子，打官司都比别人能赢呢……"

胡导与老板的小儿子对话。

"你上了学以后打算干什么啊？"

"挣钱。多挣钱。"

"挣钱干什么呢？"

"盖房子，娶媳妇，过日子。"只有水缸高的男孩说。

胡导不是那种很漂亮的女人，但是似乎有一种魔力，使人觉得亲切，不知不觉就信任她、说真话。

我悄悄问胡导："您套了别人这么多的肺腑之言，以后会如实播出吗？"

她说："当然要播出了，这多么真实！"

晚上，我们回到县上简陋的招待所，被冷如铁。我看到胡导身上的刀疤。她是中晚期乳腺癌，手术将一侧的乳房全部扫荡，肋骨也挖掉了几根。两次手术的刀口加起来足有2尺多长。

在这种病魔摧残过的废墟面前，做过多年主治医师的我，心也唏嘘。

以后的采访大体如故，只是路越发难走，气候越发寒冷了。饭就在老乡家吃，看得出主人拿出了最好的食品招待我们。主食是土豆，熬的菜也是土豆，只不过比前者多了一把盐。

终于搜集到了足够的素材，可以返回北京了。我们坐在吉普车里，车外零下十几摄氏度仍然把双脚冻得发木。

开到坝上的山口，胡导突然大叫："停车！"

司机慌得一脚踩死刹车，以为胡导把何种宝贝遗忘在身后的乡村了。

胡导却不说话，只是神秘地竖起一根手指，说："你听。"

车窗外的风声，像一万只豺狼呼啸。

司机说这是坝上最著名的风口。

"我们去录风。"胡导矫捷地抱着索尼工作机就要下车。

我忙拦住她，说："您在村子里不是已经录过风了吗？再说，你们台里的音响资料室难道没有储存形形色色的风声吗？实在不行，找个口技演员，他可以用嘴巴吹出最诡谲、最悲怆、最豪放的风啊！"

胡导正色道："特写必须绝对真实。坝上的风和哪里的风都是不一样的。你在车上吧，我一个人就行了。"

她说着跳下车。风像武林高手劈头打得她一个趔趄，索尼工作机窄细的皮带，狠狠勒进她缺了几根肋骨的胸部。

我立即相跟下车。

风打得人双泪直流，我们跪在地上录卷地而过的风。把话筒高举过头，录横空肆虐的风。胡导高兴至极，说：“这是多么好的风啊！”

塞外的风像透明的骏马，奔腾而来。我们录下了风对大地无情的鞭打，风对万物不屑一顾的摇撼，风狂怒的咆哮与无情的叹息。

走回汽车的时候，我们像一对僵硬的大木偶，双腿已全然失去知觉。

在北京街头分手的时候，胡导真诚地向我道谢。

我以为和胡导从此在京城的茫茫人海中再难以相逢，不想第二天就接到了她的电话。

“毕作家，你还得到我这里来一下。”她还是那种运筹帷幄的口气。

“什么事？一切不都已经结束了吗？”我大惑不解。

“是啊，已经有了结尾，可是我们还没有开头呢。我需要一个精彩的开头，就用你当时给我打的那个电话吧。所以得请你到广播电台来一下，我们补录一遍这次采访的开端。这样吧，明天早上9点，我在中央广播大厦的门前等你。好，我们不见不散啊！”

面对着已经挂断了的电话，你有什么办法？导演有一种震慑、指挥别人的才能，你除了服从，无可奈何。

这座原属于“北京十大建筑”之一的辉煌建筑已经陈旧，但仍有一种宏大的气势。录音间四周都是米色的隔音板，端坐其中，有钻进樟木箱子的感觉。灵敏度极高的设备，记录得下你喉咙深处的颤动。

“喂，是中央人民广播电台吗？您好。请找一下胡导演。”

“我就是。您有什么事？”

……

我们一遍又一遍地模拟那一天打电话的情形，直到口腔的唾沫干涸，胡导还是不满意。

她谆谆告诫我：

“你的声音太大了，哪里像是打电话，简直就是讲演。不行，重来。

“这一次的音量又太小了，好像鬼鬼祟祟的。重来。

“太一气呵成了啊。不自然，一听就知道是有备而来的，不真实啊。重来。

“这一回你怎么结巴起来了？你害什么怕呢？作家应该是很有风度的啊！重来。”

我没好气地说：“我哪里是作家，不过是一个不称职的群众演员罢了。”

胡导哈哈地笑了，说：“就算是你为了希望工程客串了一把吧。好，我们再重来！”

谢天谢地，在筋疲力尽之前，我终于让导演满意了。

再次分手的时候，我由衷地说：“希望永远不要见到您。胡导！”胡导微笑着说：“我还要采访西苑饭店，咱们还真难得见面了。不过你可要记住，到时每天中午‘午间半小时’后，中央人民广播电台将连续五天播出广播特写《一千零一个希望》，你到时候记着打开收音机听就是了。用不着相见，广播剧是耳朵的艺术。”

那一天中午，我按时打开收音机。坝上草原震人魂魄的风雪声扑面而来……

流露你的真表情

学医的时候，老师问过一道题："人和动物在解剖形态上的最大区别是什么？"

当学生的争先恐后地发言，都想由自己说出那个正确的答案。这看起来并不是个很难的问题。

有人说："是站立行走。"先生说："不对。大猩猩也是可以站立的。"

有人说："是懂得用火。"先生不悦道："我问的是生理上的区别，并不是进化上的。"

更有同学答："是劳动创造了人。"先生说："你在社会学上也许可以得满分，但请听清我的问题。"

满室寂然。

先生见我们混沌不悟，自答道：“记住，是表情啊。地球上没有任何一种生物有人类这样丰富的表情肌。比如笑吧，一只狗再聪明也是不会笑的。人类的近亲猴子勉强算作会笑，但只能做出龇牙咧嘴一种表情。只有人类，才可以调动面部的所有肌群，调整出不同的笑容，比如微笑，比如嘲笑，比如冷笑，比如狂笑，以表达自身复杂的情感。”我在惊讶中记住了先生的话，以为是至理名言。

近些年来，我开始怀疑先生教了我一条谬误。

乘坐飞机，起飞之前，每次都有空姐为我们演示一遍空中遭遇紧急情形时，如何打开氧气面罩的操作。我乘坐飞机凡数十次，每一次都凝神细察，但从未看清过具体步骤。空姐满面笑容地屹立前舱，脸上很真诚，手上却很敷衍，好像在做一种太极功夫，点到为止，全然顾及不到这种急救措施对乘客是怎样的性命攸关。我分明看到了她们脸上悬挂的笑容和冷淡的心的分离，升起一种被愚弄的感觉。

我有一位相识许久的女友，原是个敢怒敢恨、敢涕泪滂沱敢笑逐颜开的性情中人。几年不见，不知在哪里读了淑女规范言行的著作，同我谈话的时候身子仄仄地欠着，双膝款款地屈着，嘴角勾勒成一个精致的角度。粗一看，你以为她时时在微笑，细一看，你就捉摸不透她的真表情，心里不禁有些发毛。你若在背后叫她，她是不会立刻回了脸来看你，而是端端地将身体转了过来，从容地瞄着你，说骤然回头会使脖子上的肌肤提前衰老。

她是那样吝啬使用她的表情，虽然她给你一个温馨的外表，却没有丝毫的温度。我看着她，不由得想起儿时戴的大头娃娃面具。

遇到过一位哭哭啼啼的饭店服务员，说她一切按店方的要求去办，不想却被客人责难。那客人匆忙之中丢失了公文包，要她帮助寻找。客人焦急地述说着，她耐心地倾听着，正思谋着如何帮忙，客人竟勃然大怒了，吼着说：“我急得火烧眉毛，你竟然还在笑。你是在嘲笑我吗？”

“我那一刻绝没有笑。”服务员指天咒地对我说。

看她的眼神，我相信是真话。

“那么，你当时做了怎样一个表情呢？”我问，恍恍惚惚探到了一点头绪。

“喏，我就是这样的……”她侧过脸，把那刻的表情模拟给我。

那是一个职业女性训练有素的程式化的表情，眉梢扬着，嘴角翘着……

无论我多么同情她，我还是要说，这是一张空洞漠然的笑脸。

服务员的脸已经被长期的工作，塑造成她自己也不能控制的状态。

表情肌不再表达人类的感情了，或者说它们只表达一种感情，那就是微笑。

我们的生活中曾经排斥微笑，关于那个时代我们已经做了结论。

于是我们呼吁微笑、引进微笑、培育微笑，微笑就泛滥起来。荧屏上著名和不著名的男女主持人无时无刻不在微笑，以至于使人不得不产生疑问，我们的生活中真有那么多值得微笑的事情吗？

微笑变得越来越商业化了。他对你微笑，并不表明他的善意，微笑只是金钱的等价物。他对你微笑，并不表明他的诚恳，微笑只是恶战的前奏。他对你微笑，并不说明他想帮助你，微笑只是一种谋略。他对你微笑，并不证明他对你的友谊，微笑只是麻痹你的一重帐幕……

这样的事见得太多之后，竟对微笑的本质怀疑起来。

亿万年的进化，我们的身体本身就成了一本书。

人的眉毛为什么要如此飞扬，轻松地直抵鬓角？那是因为此刻为鏖战的间隙，我们不必紧皱眉头思考，精神得以豁然舒展。

人的上眼睑肌为什么要如此松弛，使眼裂缩小，眼神迷离，目光不再聚焦？那是因为面对朋友，可以放松警惕敞开心扉，放松自己紧张的神经，不必目光炯炯。

人的口角为什么上挑，不再抿成森然一线？那是因为随时准备开启双唇，倾吐热情的话语，饮下甘甜的琼浆。

因为快乐和友情，从猿到人，演变出了美妙动人的微笑，这是人类无与伦比的财富。笑容像一只模型，把我们脸上的肌肉像羊群一般驯化了，让它们按照微笑的规则排列，随时以备我们心情的调遣。

假若不是服从心情的安排，只是表情肌机械地动作，那无异于噩梦中抽筋，除了遗留久久的酸痛，与快乐是毫无关联的。

记得小时候读过大文豪雨果的《笑面人》，一个苦孩子被施了刑法，脸被固定成狂笑的模样。他痛苦不堪，因为他的任何表情，都只能使脸上狂笑的表情更为惨烈。

无时无刻不在笑——这是一种刑罚，它使“笑”这种人类最美丽最优美的表情，蜕化为一种酷刑。

现代自然没有这种刑罚了。但如果不表达自己的心愿，只是一味地微笑着，微笑像画皮一样黏附在我们的脸庞上，像破旧的门帘沉重地垂着，完全失掉了真诚善良的原始含义，那岂不是人类进化的大退步、大哀痛。

人类的表情肌除了表达笑容，还用以表达愤怒、悲哀、思索、惆怅以至绝望。它就像天空中的七色彩虹，相辅相成，所有的表情都是完整的人生所必需的，是生命的元素。

我们既然具备了流泪的本能，哀伤的时候就该听凭那些满含盐分的浊水淌出体外。血脉贲张、目眦俱裂，不论是为红颜还是为功名，未必不是人生的大境界。额头没有一丝皱纹的美人，只怕血管里流动的都是冰。表情是心情的档案，如果永远只是空白，谁还愿把最重要的记录留在上面？

当然，我绝不是主张人人横眉冷对。经过漫长的隧道，我们终于笑起来了，这是一个大进步，但笑也是分阶段，也是有层次的。空洞而浅薄的笑如同盲目的恨和无缘无故的悲哀一样，都是情感的赝品。

有一句话叫作“笑比哭好”，我常常怀疑它。笑和哭都是人类的正常情绪反应，谁能说黛玉临终时的笑比哭好呢？

痛则大悲，喜则大笑，只要是从心底流出的对世界的真情感，都是生命之壁的摩崖石刻，经得起岁月风雨的打磨，值得我们久久珍爱。

倾听天下的声音

一、倾听天下声音

索伊拉笔下的孩子，看到了那么丰富多彩的世界。我相信，其实你我都看到过蚂蚁搬家、蝴蝶飞舞……儿时的记忆与此有着千丝万缕的关联，也由此得到种种激动和快乐。

从什么时候开始，记忆中的这一切都被漂得褪了色？我们迎接蚂蚁的快乐眼神，换成了冷冰冰的杀虫剂。

我们慢慢长大，蚂蚁仍是原样。蚂蚁和蝴蝶对心灵的影响始终存在。成长中，我们被告知倾听蚂蚁的声音是一种愚蠢，因此产生感动就加倍愚蠢。于是我们渐渐堵了自己的耳朵、蒙了自己的眼睛、封锁了自己的心……

倾听天下的声音，几乎成了儿童的专利。多希望孩子可以长大，但倾听永不消失。

二、顶楼的房客

每个人的心底都有一座楼。楼不高，只有矮矮的几层，可它非比寻常。你用什么奠定它的基石？你用什么修葺它的墙壁？你用什么涂抹它的房顶？你用什么装饰它的回廊？最重要的是，它的房间里住着怎样的房客。

这座楼就是我们的良心啊。不要小看了这座楼，它主宰着我们的思维和行动。尤其是顶楼的位置，如同航空母舰的舰长室，具有一呼百应的威严。

在人类进化的过程中，不但有越来越发达的科技，也积累了宝贵的精神财富，这就是善良、勇敢、诚实、坚定、柔韧、助人为乐、百折不挠等高贵的品质。把这双份的遗产传承下去，是人类得以发展和进步最基本的保证。

是谁住在你的顶楼？请检查一下你的房客的身份证，确认谁是你的司令官。

三、童年画

在我们的印象里，童年像什么呢？

它可能是油炸薯条的味道，也可能是雨后青草的呼吸。它可能是琅琅的读书声，也可能是赛场上迸发的呐喊。

我猜想，即使是哲学家，他的童年也不会只有无止境的思索。即使是科学家，他的童年也充满着风和树的影子。

当爱因斯坦做出一个歪歪扭扭的小凳子，当爱迪生趴在稻草上准备孵鸡蛋，那种时刻的快乐，该不会比他们创立“相对论”和改造灯泡时少吧?

岁月把苦难酿成了感动，贫困时的相濡以沫变成了温暖。回望童年，才会愕然发现，深藏在记忆里的风景不用刻意思考，存在就是快乐。

四、家比天大

我们看到很多回忆父母的文章，被深深地感动。因为这是世界上最纯粹、最无功利的爱，一如月亮洒向大地的清辉。中国有句古话，叫作“儿不嫌母丑，狗不嫌家贫”，我对狗没有研究，不敢妄说，前半句觉得几分不确，似可改成“母不嫌儿丑”。

家肯定是没有天大的，但在孩子的眼里，家就是一切，父母就是一切。孩子越小，家就越大，当孩子长大之后，家就渐渐地小了，天就真正地大了起来。孩子从家中走出，头上是蔚蓝的天空。

五、爱的阶梯

善良的爱，悲哀的爱，广博的爱，狭隘的爱……形形色色的爱，构成了我们的生活。

爱，究竟是什么？

我把爱分成了血缘之爱和非血之爱。前一种爱包括父爱、母爱、爷爷爱、姥姥爱……因为是亲人，因为有血脉相连，这爱有纯天然的成分在内，范围总是有限的。还有一种更宏大的爱，爱和你没有血缘关系的人，爱大自然，爱历史，爱动物，爱植物，爱地球，爱一个路边等车的陌生人……

并不是说前一种爱就不宝贵，那是真爱的核心。试想一个连自己的父母都不爱的人，何谈爱祖国和他人！但后一种爱，有着更辽阔的覆盖。

六、终身制职业

我是谁？所有的人，无论是男人还是女人，无论是孩子还是成人，都会这样问自己。

人们通常用属加种差的方法来认识问题。比如说，一个正直的人。首先，他是一个人。其次，他与众不同的地方在于他的正直。

据说女娲造人的时候，先是用泥土将人一个个捏出形状，所以每个人都是不同的。这样操作很辛苦速度也很慢，女娲就开始用绳子甩泥，溅落的泥点子被太阳晒干后，也变成了人。按说这后一种人该是一模一样的吧？细细想来，也不同。绳子甩动的方向，女娲用力的大小，还有泥巴的稀稠都有差异，甩制的泥人也各有特色。虽是传说，但我们每个人都是独一无二的个体，这一点毫无疑问。

发现自我，是我们一生的工作。

七、最初的乾坤

一无所知的孩子在课堂上常常闹笑话，他会追着老师问很多在他日后看来忍不住发笑的问题。

但正是在这些问题里，他逐渐成长。他学会了如何思考、如何做事。更重要的，他学会了如何待人。从最早的一个只会面对家人的个体，成长为另一个可以从容面对他人的个体。这种变化令人惊喜。

学校，是第一个对孩子进行社会化训练的专门场所。你最初的理想和最初的愿望，你最初的友谊和最初的失落，你最初的爱戴和最初的惆怅可能都诞生在那里。那里有你童年的纪念碑，那里是你最初的乾坤。

八、说师

对于孩子，老师很神秘，老师知道学生所不知道的东西。老师很强大，他能够不着痕迹地鼓励或是打击一个孩子，在他生命的年轮中刻下痕迹。

有一位老师对我说："有一个孩子很顽劣，几乎不可救药了。"我说："我给你开一个方子，请你连着表扬他五天。"老师说："他基本上没什么优点。"我说："我不相信世上会有没有优点的孩子。"老师若有所思地走了，她在课堂上连着表扬了那个孩子五天，后来，那个孩子大变。

得到老师的关注是幸福的。优秀的教师，他不想去影响别人，却总能够影响人的一生。

九、修建你的灯塔

生命是什么？草履虫是生命吗？杨树叶是生命吗？如果这些都不是，那什么才是生命？

生命，并非简简单单的生理现象。它包含着善与恶，包含着思考，包含着自己，也包含着他人。

生命是美好而斑斓的。挫折是常常有的，快乐也是常常有的。你不要听信那些把生命说得太美好的童话，相信人生有苦难的人才会更懂得幸福。

为你的生命确立一个意义，它是灯塔。我知道父母告知过你生命的意义，我也知道老师向你灌输过生命的意义。他们说得都没有错，但这一次，我请你忘记他们的话，自己为自己确立一个生命的意义。当然，那个最终的答案，也许和老师、父母不谋而合，但这个灯塔是你自己修建起来的，你是自己的工程师。

以后的事，就是向着你的灯塔微笑，坚定不移地前进。

十、古老的道理

荷马和伊索，两位著名的古希腊作家。他们的作品至今仍被视为经典。

只是荷马以长篇史诗《伊利亚特》和《奥德修纪》而闻名。这两部作品均是万行长诗，而伊索以短短的寓言为世人所认识。长短悬殊的作品都跨越时间的星空，至今仍在敲打我们的耳鼓。这是为何？

长存的原因在于其中古老的道理。比如珍惜自由，比如戒骄戒躁，比如谦虚谨慎，比如平等与爱……这种对精神闪光点的浓缩，是它们常读常新的原因。思考的人们，总能从寓言中找到适合自己的东西。

少年人，你读懂寓言的那一天，证明你已长大。

十一、一定得找人去把星星擦亮

我们的先民，在还没有文字的时代过着艰苦而散淡的日子。他们的文字就是石洞壁上一幅幅的岩画。岩画所代表的含义，构成了他们的语言。

先民用岩画诠释世界，现代人用漫画诠释世界。或许在某种程度上，上帝在人们修建巴比伦塔时的担心，今天终于成了现实，漫画这种载体让全世界人的语言达成了一致。

我喜欢“把星星擦亮”的奇思妙想。只是，找谁呢？就找我们自己吧。

十二、规则如铁如水

这是一些有关规则的小故事。

每个人都生活在社会中，都同身边的人发生着种种互动。互动不是乱动，要有规则。规则是人制定的，却不能由人轻易地打破，否则，就是“没有规矩，不成方圆”了。人们在受惠于规则的同时，也常常被它的刻板所桎梏，这也许就是规则的两重性吧。

还有一些规则，是心照不宣、潜移默化的。比如，在饭桌上，如果有长者，无论你怎样饥肠辘辘，也要先给长辈盛饭……人们都很自然地遵守着它，规则已融入了我们的文化。

规则有的时候像铁一般坚硬，违背了它就是困境和死亡。规则有的时候如同温泉一般暖和，因为它来自公平的泉眼。在受到规则的关怀时，你不必感谢任何人，你只需心安理得地接受规则。在受到规则的约束时，你不必怨恨任何人，只有义无反顾地服从规则。

十三、试卷上没有诗歌

每年的高考试卷上，作文一栏（不管是大作文还是小作文），都会写着“体裁不限，诗歌除外”的要求。出卷子的老师出于种种考虑，在卷面上剔除了诗歌，但我们在日常的学习中，可千万不要怠慢了诗歌。

诗歌是最古老的艺术，我相信祖先们在完全不知道议论文是什么东西的时候，已在熟练地吟诗作赋了。诗歌是灵魂的伴侣，那些精美的词汇、那些神奇的想象、那些让我们心旌动荡的激情、那些清脆如玉石碰撞的音律都在诗歌中蛰伏着，等待着你的唤醒。

即便考试的卷子上没有诗歌，也请你在春天的早晨读一首好诗。我担保，那一天你会心旷神怡。

十四、心之四季

地球的产生到今天大约已经有五十亿年了。这期间地球每围绕太阳转一周，很多地方就会产生一次四季更替。春之风，夏之花，秋之月，冬之雪……在无法进行深入思考的动物那里，即使它因为秋高气爽而感到惬意，也不会对美景产生感动。在它眼中，秋天的全部意义就是果子熟了，要准备过冬了。当人意识到秋天不仅仅意味着粮食，那朦胧的一切才进入审美的领域。

由于有了人心的思考，这种种景色才呈现出了如今的绚丽。

离开沉思的人心和敏锐的瞳孔，四季什么都不是。

十五、永恒伙伴共享地球

城市里已经很少看见动物了。即使能看到，也是诸如困在笼子里的鸟，不停地在转筒上奔跑的金丝熊，脖子上拴着厚重皮带的狗，说实话，它们还能算真正的动物吗？

记得一位哲人说过，看一个人怎样对待动物，我们就可以知晓他是一个怎样的人。动物有动物的世界，人有人的世界，当这两个世界交织在一起的时候，就有很多有趣的故事发生。人常常以为自己是地球的主人，其实，人是和动物、植物，还有山川河流共享一个地球，大家都是主人。只有在大自然的怀抱里，动物才能依照它们的天性奔跑、跳跃、玩耍、捕猎……

人和动物是永恒的伙伴。如果动物全部消失了，人活着，还有什么乐趣！

十六、超越光速的跳跃

宇宙间最快的东西是什么？是光？每秒30万公里。

不。不是光。宇宙间最快的东西是思维。只有思维才可以真正做到瞬息千里。意念一动，数千光年外的物体也会在我们想象中浮现，几千年前、几万年后的事情，也会在脑中翩翩起舞。这速度远远超越了光速。

想象是思维的翅膀。人最宝贵的能力之一就是神奇的想象。古代人的想象就成了神话，现代人的想象就成了科幻。科学家的想象能上天入地，文学家的想象能缔造世界。当我们阅读充满了想象的文字的时候，会有鹰击长空、鱼翔浅底的快意。

最神奇的当属孩子们的想象，在那里，所有的一切都会发生，因为他的思维走在了光的前面。

十七、幸福如苹果

小时候，我们盼望快快长大。我们觉得，那就是幸福。

上学后，我们盼望考试都得100分。我们觉得，那就是幸福。

大学毕业了，我们盼望有个好工作。我们觉得，那就是幸福。

工作了，我们忽然发现，生活并不幸福。

幸福，究竟是什么?

把人生凝固成一个苹果，用时间的刀锋将它切开。哦，终于发现，在苹果的最深处，藏着一个星星一般的核，这就是苹果的心脏，所有的果肉都围绕着这颗星星成长。幸福也有大抵如此的规律，当你围绕着一个目标奋斗的时候，你才会感受到幸福。

关于幸福，无数的人给出了无数答案。你可以全盘接受，也可以另辟蹊径。归根到底，幸福是一种真切的感觉。你幸不幸福，只有你自己知道。祝自己幸福，也助别人幸福，这就是人生的大幸福，这就是终极的幸福。

非血之爱

爱，有无数种分类法。我以为最简明的是——以血为界。

一种是血缘之爱，比如母亲之爱亲子，儿子之爱父亲，扩展至子孙爱姥姥姥爷、爷爷奶奶，亲属爱表兄表弟、堂姐堂妹……甚至爱先人、爱祖宗，都属于这个范畴。

还有一种爱在血外，姑且称为——非血之爱，比如爱朋友、爱长官、爱下属、爱动物……最典型的是爱自己的配偶。

血缘之爱是无法选择的，你可以不爱，却不可能把某个成员从这条红链中剜除。一脉血缘在你诞生之前许久，已经苍老地盘绕在那里，贯穿悠悠岁月。血缘之爱既至高无上，又无与伦比的沉重，也充满天然的机缘和命定的随意。它的基础十分简单，一种名叫“基因”

的小密码，按照数学的规律递减着、稀释着、组合着、叠加着，遂成为世界上最神圣、最博大的爱的基石。

非血之爱则要奇诡神秘得多。你我原本河海隔绝，天各一方，在某一个瞬间突然结为一体，从此生死相依，难道不是人世间最司空见惯又最不可思议的偶然吗？无数神鬼莫测的巧合混杂其中，爱与恨泥沙俱下，无以澄清。激情在其中孕育，伟大与卑微交织错落。精神与人格，在血之外的湖泊中遨游，搅起滔天雪浪，演出无数悲欢离合的故事……爱恋的光谱，比最复杂的银河外星系轨道还难以预料。

血缘之爱使我们感知人间最初的温暖与光明，督我们成长，教我们成人。它是孤独人生与大千世界的脐带，攀缘它，我们一步步长大，最终挣脱它的羁绊，投入非血之爱，然后我们又回归，开始血缘之爱新的轮回。

血缘之爱是水天一色的淳厚绵长，非血之爱更多一见钟情的碰撞和百转千回的激荡。

血缘之爱有红色缆绳指引，有惊无险，经历误会挫折，多能化险为夷，曲径通幽。非血之爱全凭暗中摸索，更须心灵与胆魄相照，在苍茫荒原中，辟出人生携手共进的小径。非血之爱，使每个人思考与成长，比之循规蹈矩的血缘，更考验一个人的心智。

爱一个和你有血缘关系的人，是一种本能、一种幸福、一种责任、一种对天地造化的缠绵呼应。

爱一个和你没有血缘关系的人，是一种需要、一种渴望、一种智慧、一种对美与永恒的无倦追索。

我们的一生，屡屡在血与非血的爱中沐浴，因此成长。

坦言——心灵的力量

在报上看到两个年轻人的故事。他们非常聪明，是很好的朋友，都有硕士学位，并且在证券业有骄人的成就。其中一位还获得过全国证券交易排行榜第五名。

他们可谓少年得志，面前也有辉煌的前景。受一位朋友的引荐，他们双双接受一家公司的委托，成为国债交易的操盘手。应该说，他们工作很努力，三个月后，他们已经为公司净赚了200万元。但是，公司一直未与他们签订聘用合同，也没有在提成方面有一个明确的分配。他们内心不平衡。甲就对乙说，咱们给公司赚了那么多钱，他们对我们也没有个交代，找个时间把国债做一下，给公司施加一点压力。

两个人策划之后，一个自以为得计的阴谋形成了。他们又找到了在武汉也是做操盘手的丙，让他准备一笔2000万元的款子，伺机而动。

约定的日子到了。他们的手法说复杂很复杂，不在其中的人，是绝不能操纵成功的。说简单也简单，就是甲和乙不按常理，在开盘集体竞价的时候，把一只头一天还报113元卖出的国债，共计4万手，按80元卖出，企图让武汉的丙把它们买下来。最后给公司造成了400万元的损失。

现在，这两位曾经才华横溢、前程远大的青年，在铁窗内度日。他们的一生将因此笼罩在巨大的阴影中。在牢狱中，他们叹息自己不懂法律，付出了惨痛的代价。也许法学家或是金融学家能从这一案例当中分析出各种经验教训，在我看来，还有一个极为重要的方面不应被忽视。

这一起重大案件的起因，就是因为甲和乙的心理不平衡造成的。他们还不够有经验，在和公司合作伊始没有把劳务合同和奖惩条例签好，这是他们的一个失误。有了失误，可以挽回，他们本可以向公司方面坦陈自己的意见，来个亡羊补牢。可是，他们似乎根本就没有朝这个正确的方向努力，而是一步就迈向了法律所禁止的边缘，开始了犯罪的谋划。

我们常常听到这样的故事。一对年轻人，彼此都很有好感，可是谁都没有勇气表白自己的内心。于是无数的旁敲侧击、无数的委屈和误会、无数的试探和揣摩，窗户纸始终不能捅破。结果呢，清高占了上风，谁都等着对方说第一句话，最后不了了之。漫长岁月后，都已人到暮年，再次重逢袒露心迹，才知彼此的家庭都不幸福，后悔当年的迟疑。但现实是残酷的，逝去的青春不可能改写，只能存留永远的遗憾。

回想我们的经历，真是有太多时候我们没有勇气将自己的真实想法和盘托出，我们一厢情愿期待着事件按照我们的想象向前发展。可惜这样的机遇总是十分稀少，不如意者十之八九。一旦失望，要么退避躲让，要么走向极端，却忘了一条最直接最简单的捷径，那就是——坦言。

其实，如果那两个年轻的操盘手在走马上任三个月后，认为没有得到相应的待遇，心中愤愤，就可以直截了当地提出意见，争取自己的利益。如果公司方面答复不如意，他们也可以用更坚决更理智的方法争取合法权益。可惜啊，他们舍近求远，他们弃易取难，甚至不惜用犯罪这样极端的手段，来达到一个原本正当的目的。

世上有多少痛苦和支离破碎，是因为双方的故弄玄虚而致？世上有多少悲剧，是因为误解和朦胧而发生？世间有多少罪恶，是因为隔膜和延宕而萌生？世上有多少流血和战争，是因为彼此的关闭和封锁而爆发？

坦言的“坦”字，在字典里的含义是“平”。把自己想要表达的意见一马平川地说出来，不遮掩，不隐藏，不埋设地雷，不挖掘壕沟，不云山雾罩，也不神龙见首不见尾……清晰明白，心平气和，这是做人的基本功之一。

坦言常常被误认为是缺少城府、涉世不深，其实这是一个天大的误会。在素以严谨著称的外交谈判中，坦率也是一个使用频率极高的词汇。越是面对分歧和隔阂，越需要开诚布公的坦言。

有人以为坦言是一个技术性的问题，以为掌握了若干讲话的小诀窍就可游刃有余，其实坦言的基础是一个心理素养的问题。

首先，你要是一个襟怀坦荡、敢于负责的人。它不是阿谀奉承的话，也不是人云亦云的话。它是你自我思考的结晶，它将透露你的真实想法，所包含的信息和观点，是你人格的体现。如果你畏葸求全，唯马首是瞻，那么，你无法坦言。

坦言，说起来容易，真正做起来，那过程往往令人不安和焦灼。可能是一个集会或课堂的公开发言，也可能是和你的上司或师长的对谈，可能是面对心仪的异性的首次表白，也可能是因为我们的过失而道歉和忏悔……总之，坦言是一次精神和语言的冒险，其中蕴涵着情感的未知和不可预测的反应。

然而，尽管困难重重，我们还是需要坦言。坦言是一种勇敢，因为你面对世界发出了独属于你的声音。坦言是一种敢作敢当的尝试，因为你们既不是权势的传声筒，也不是旁人的回音壁。无论你的声音多么微弱和幼稚，那是出于你的喉咙，它昭示了你的独立和思索。

有人以为坦言是不安全的，藏藏掖掖才是老练。我要说，往往你以为最不保险的地方才是最安全的。社会节奏如此之快，你吞吞吐吐，别人怎能知晓你繁复的内心活动？如果说在缓慢的农耕社会，人们还可以容忍剥笋抽丝的离题万里，那么在现代，坦言简直就是人生的必修课。

有人以为坦言仅仅是嘴皮子上的功夫，其实不然。有人无法坦言，是因为他不知道自己究竟需要坚守怎样的观点。坦言建筑在对自己和对社会的深切了解之上。如果你反对，你就旗帜鲜明。如果你热爱，你就如火如荼。如果你坚持，你就矢志不渝。如果你选择，你就当机立断。

年轻人有一个容易犯的毛病，就是假装深沉。这个责任不在青年，而是我们民族的约定俗成中，不恰当地推崇少年老成。年轻人的特点就是反应机敏、头脑灵活、快人快语。如果强做拖沓徐缓之状，那是对青春活力的不敬。说话不在缓急，而在其中是否蕴含真情、富有真知灼见。如果一位老年人言之无物，看他体弱健忘的分儿上，人们还能有几分谅解的话，年轻人的故作深沉，只能让人生出悲哀。老年人对于新生事物，难免倦怠，但一个年轻人，违背天性，欲盖弥彰，那简直就是逃避和无能的同义词了。

坦言的核心是自信，是尊重自己，也尊重他人。你值得我信任，所以我对你说真话。你可以拒绝我的意见，但不要轻视我的热情。我相信我自己是有价值的，所以我能够直率地面向这个世界。

学会坦言，会对人的一生产生重大的影响。我看过很多应聘成功的例子，那骨子里很多是面对权威的坦言。坦言常常更快地显露你的人品和才华，显露你应变的能力潜藏着能量。坦言是现代社会人际互动中极富建设性的策略，是一种建立良好情感环境的强大助力。

很多人在开始尝试坦言的时候常易紧张和失态，如同一只刚刚出壳的小鸡，感到湿漉漉的寒冷。但是，你一定要坚持下去，你一定会渐渐地熟练。坦言之后，即使被心爱的异性拒绝，也比潜藏着愿望追悔一生要好。即使得罪了昏庸的上级，也比唯唯诺诺丧失了人格要好。因为坦言，我们把自己的弱点暴露在光天化日之下，就更有了改正和提升的动力。因为坦言，我们会结识更多肝胆相照的朋友，会获得更多打磨历练的机遇。

珍惜坦言。那是一种心灵力量的体现，我们的意志在坦言中锤打，变得坚强。我们的勇气在坦言中增强，变得坚定。我们的爱在坦言中经受风雨，变成养料。我们的友谊在坦言中纯粹，变得醇厚。

坦言会让我们失去面纱，得到赤裸裸的真实。世上有很多人是经受不起坦言的，一如雪人不能和春风会面。但是，这正说明了坦言的宝贵。从年轻就学会坦言，那就等于你获得了一棵延年益寿的心理灵芝。你可以在有限的时间内得到更多行动和交流的自由。

默契的建筑

所有建造家庭的人，都不会希望在这所百年大计的房屋中埋藏灾难的因子。但是，你从热闹的婚礼归来，过一段时间再去瞧瞧，会惊奇地发现，占相当一个百分比的婚姻建筑，不再是举行婚礼时美丽风光的模样。油饰一新的外表开始衰败，地基被蝼蚁蛀了密集的窝孔，承重梁根本就没用钢筋，甚至古怪到没有玻璃没有门，所用砖瓦都是伪劣产品……这些可叹可怜的小屋，在风雨中摇摇欲坠，不时传来断裂和毁坏的噪声。再过几年看看，有的已夷为平地，主体结构杳无踪影，遗下一片废墟。有的被谎言的爬山虎密密匝匝地封锁，你再也窥不到内部的真实。有的门户大开，监守自盗歹人出没，爱情的珍藏已荡然无存。有的徒有虚名地支撑着，炕灰灶冷了无生机……更可怕的是，在这样衰败的婚姻陋室中，你或许会听到婴儿的哭声，生命的规律在令人不安地运行着。

我想，有朋友会说——你是乌鸦嘴啊。所有处在热恋和谈论婚嫁阶段和已经披上婚纱的女子，都直觉地反感我以上所描述的种种情形。以为那只是小说和电视连续剧中出现的情节，是让人茶余饭后听着解闷的，是绝不会发生在自己身上的。我能理解这种心情，自己也不愿在大喜的日子里，做令人不快的预言。但是，原谅我，我听过太多的女孩谈过粉红色的梦想，我看到过太多的女子感伤哀怨的目光。我想说："你是你的婚姻的工程师啊，光有美好的蓝图不中用，你还得亲自施工。你有怎样的观念和技术，你就会收获一份怎样的婚姻。"

要说什么样的建筑最结实呢？马上想到几点。起码，你的地基得牢吧，你所用的材料得是精选而来的吧，你得精心设计精心施工吧，不能建成一个"三无"工程，也不能边设计边施工。你不能光图样子好看，不注重内在质量吧，你得量体裁衣，不能贪大求洋吧，你得……

嘿！太多了。但是，仅仅做到了这些，建筑是否就能愈久弥坚？

国外一次大地震，山摇地动房倒屋塌。清理时，救援者惊奇地发现，新盖的建筑大部分都倒塌了，倒是那些古老的建筑，晃动了几下依然站稳了脚跟。科学家们考察的结果，是那些古老建筑的结合部位往往比现代建筑要牢靠得多。

我常常凝目注视着那些历经千年斗拱飞檐的宫殿，奇怪它们在风雨中不浸润、在动荡中不倒塌的诀窍，到底是什么呢？思索再三，我想，除了深深的地基以外，很重要的是材料交接部位的吻合和默契。

是建筑，就肯定要有接缝，如同性别不同、年龄不同、背景不同、爱好不同……的男人和女人，某一天，就走到一处屋檐下面来了。物和物的接缝，人和人的接缝，这一部位，肯定是整体中最软弱的所在了。只要有几道接榫处渗漏或松动，外界的风沙和侵蚀就会乘虚而入，日积月累，“千里之堤，溃于蚁穴”的悲剧几乎就是必然的了。

我看到过一个故事。说的是古代有一位杰出的工匠，在房屋就要完工的时候，突然发现大梁有一处的接榫不很扎实，留有小小的缝隙。那是一柱巨梁，高高在上，如果不是他的明察秋毫，任谁也发现不了的。况且，他既是施工者，也是检查者，只要他不说，谁也不会责怪。但是，他是一个敬业的工匠，为了保持这座建筑百年千年不朽的质量，他一定要在最初的片刻，就让木头与木头达到默契。可惜愿望虽好，但此时此刻，他攀在高顶之上，没有办法没有材料……为了达到严丝合缝的完美，他右手挥起了板斧，把自己左手的小指剁下，将那断指填进木头的缝隙。木头的顶端得了血肉的充填，顷刻间变得浑然一体。后来，那座建筑屹立了千年。

这是一个关于质量和牢靠的故事。我记住了它，是因为它的斑斑血迹。联想到我们的婚姻建筑，几十年的风雨迷离啊，有什么比默契更为重要?

默契，就是不说很多的话，我却知道你所有的想法。默契，就是深深的理解，你中有我，我中有你。默契，就是彼此的包容和一体。默契，就是一种无言的约定和一项延续终身的承诺。默契无钉无铁，但是坚硬无比。默契无胶无漆，却针插不进、水泼不进。默契是朴素的，默契是千篇一律的，默契不事喧哗，默契又无往不胜。

额头与额头相贴

如今，家家都有体温表。苗条的玻璃小棒，头顶银亮的铠甲，肚子里藏一根闪烁的黑线，只在特定的角度瞬忽一闪。捻动它的时候，仿佛打开裹着幽灵的咒纸，病了或者没病，高烧还是低烧，就在焦灼的眼神中现出答案。

小时家中有一支精致的体温表，银头，好似一粒扁杏仁。它装在一支粗糙的黑色钢笔套里。我看过一部反特小说，说情报就是藏在没有尖儿的钢笔里，那个套就更有几分神秘。

妈妈把体温表收藏在我家最小的抽屉——缝纫机的抽屉里。妈妈平日上班极忙，很少有工夫动针线，那里就是家中最稳妥的所在。

七八岁的我，对天地万物都好奇得恨不能放到嘴里尝一尝。我跳皮筋回来，经过镜子，偶然看到我的脸红得像在炉膛里烧好可以夹到冷炉子里去引火的炭。我想，我一定发烧了，觉得自己的脸可以把一盆冷水烧开，我决定给自己测量一下体温。

我拧开黑色笔套，体温表像定时炸弹一样安静。我很利索地把它夹在腋下，冰冷如蛇的凉意从腋下直抵肋骨。我耐心地等待了五分钟，这是妈妈惯常守候的时间。

终于到了。我小心翼翼地拿出来，像妈妈一样眯起双眼把它对着太阳晃动。

我什么也没看到，体温表如同一条宁澈的小溪，鱼呀虾呀一概没有。

我百般不解，难道我已成了冷血动物，体温表根本不屑于告诉我了吗？

对啦！妈妈每次给我夹表前，都要把表狠狠甩几下，仿佛上面沾满了水珠。一定是我忘了这一关键操作，体温表才表示缄默。

我拈起体温表，全力甩去。我听到背后发出犹如檐下冰凌折断般的清脆响声。回头一看，体温表的“扁杏仁”裂成了无数亮白珠子，在地面轻盈地溅动……

罪魁是缝纫机板锐利的折角。

怎么办呀？

妈妈非常珍爱这支温度表，不是因为贵重，而是因为稀少。那时候，水银似乎是军用品，极少用于寻常百姓，体温表就成为一种奢侈。楼上楼下的邻居都来借用这支表，每个人拿走它时都说："请放心，绝不会打碎。"

现在，它碎了，碎尸万段。我知道，任何修复它的可能都是痴心妄想。

我望着窗棂发呆，看着它们由灼亮的柏油样棕色转为暗淡的树根样棕黑色。

我祈祷自己发烧，高高地烧。我知道，妈妈对得病的孩子格外怜爱，我宁愿用自身的痛苦赎回罪孽。

妈妈回来了。

我默不作声。我把那只空钢笔套摆在最显眼的地方，希望妈妈主动发现它。我坚持认为被别人察觉错误比自报家门要少些恐怖，表示我愿意接受任何惩罚，而不是凭自首减轻责任。

妈妈忙着做饭。我的心越发沉重，仿佛装满水银（我已经知道水银很沉重，丢失了水银头的体温表轻飘得像支秃笔）。

实在等待不下去了，我就飞快地走到妈妈跟前，大声说："我把体温表打碎了！"

每当我遇到害怕的事情，我就迎头跑过去，好像迫不及待的样子。

妈妈把我狠狠地打了一顿。

那支体温表消失了，它在我的感情里留下一个黑洞。潜意识里我恨我的母亲——她对我太不宽容！谁还没失手打碎过东西？我亲眼看见她打碎了一只很美丽的碗，随手把两片碗碴儿一摞，丢到垃圾堆里完事。

大人和小人，是如此不平等啊！

不久，我病了。我像被人塞到老太太裹着白棉被的冰棍箱里，从骨头缝里往外散发寒气。“妈妈，我冷。”我说。

“你可能发烧了。”妈妈说，伸手去拉缝纫机的小屉，但手臂随即僵在半空。

妈妈用手抚摸我的头。她的手很凉，指甲周旁有几根小毛刺，把我的额头刮得很痛。

“我刚回来，手太凉，不知你究竟烧得怎样，要不要赶快去医院……”妈妈拼命搓着手指。

妈妈俯下身，用她的唇来吻我的额头，以试探我的温度。

母亲是严厉的人。从我有记忆以来，从未吻过我们。这一次，因为我的过失，她吻了我。那一刻，我心中充满感动。

妈妈的口唇有一种菊花的味道，那时她患很严重的贫血，一直在吃中药。她的唇很干热，像外壳坚硬内瓤却很柔软的果子。

可是，妈妈还是无法断定我的热度。她扶住我的头，轻轻地把她的额头与我的额头相贴。她的每一只眼睛看定我的每一只眼睛，因为距离太近，我看不到她的脸庞全部，只感到一片灼热的苍白。她的额头像碾子似的滚过，用每一寸肌肤感受我的温度，自言自语：“这么烫，可别抽风……”

我终于知道了我的错误的严重性。

后来，弟弟妹妹也有过类似的情形。我默然不语，妈妈也不再提起，但体温表像树一样栽在心中。

终于，我看到了许许多多支体温表。那一瞬，我的脸上肯定灌满了贪婪。

我当了卫生兵，每天须给病人查体温。体温表插在盛满消毒液的盘子里，好像一位老人生日蛋糕上的银蜡烛。

多想拿走一支还给妈妈呀！可医院的体温表虽多，管理也很严格。纵使打碎了，原价赔偿，也得将那破损的尸骸附上，方予补发。我每天对着成堆的体温表处心积虑、摩拳擦掌，就是无法搞到一支。

后来，我做了化验员，离体温表更遥远了。一天，部队军马所来求援，说军马们得了莫名其妙的怪症，他们的化验员恰好不在，希望人医们伸出友谊之手。老化验员对我说：“你去吧！都是高原上的性命，不容易。人兽同理。”

一匹砂红色的军马立在四根木桩内，马耳像竹笋般立着，双眼皮的大眼睛贮满泪水，好像随时会跪倒。我以为要从毛茸茸的马耳朵上抽血，战战兢兢地不敢上前。

兽医们从马的静脉里抽出暗紫色的血。我认真检验，周到地写出报告。

我至今不知道那些马得的是什么病，只知道我的化验结果起了至关重要的作用。

兽医们很感激，说要送我两筒水果罐头作为酬劳。在维生素匮乏的高原，这不啻一粒金瓜子。我再三推辞，他们再四坚持。想起“人兽同理”，我说：“那就送我一支体温表吧！”

他们慨然允诺。

春草绿的塑料外壳，粗大若小手电。玻璃棒如同一根透明铅笔，所有的刻码都是洋红色的，极为清晰。

“准吗？”我问。毕竟这是兽用品。

“很准。”他们肯定地告诉我。

我珍爱地用手绢包起。本来想钉只小木匣，立时寄给妈妈，又恐关山重重、雪路迢迢，在路上震断，毁了我的苦心，于是耐着性子等到了一个士兵的第一次休假。

“妈妈，你看！”我高擎着那支体温表，好像它是透明的火炬。

那一刻，我还了一个愿。它像一只苍鹰，在我心中盘桓了十几年。

妈妈仔细端详着体温表说：“这上面的最高刻度可测到46摄氏度，要是人，恐怕早就不行了。”

我说："只要准就行了呗！"

妈妈说："有了它总比没有好。只是，现在不很需要了，因为你们都已长大了……"

带白蘑菇回家

妈妈爱吃蘑菇。

到青海出差，在幽蓝的天穹与黛绿的草原之间，见到点点闪烁的白星。

那不是星星，是草原上的白蘑菇。

路旁有三三两两的藏胞，坐在五颜六色的口袋中间，仰着褐色的面庞，向经过的汽车微笑。袋子口，颤巍巍地露出花蕾般的白蘑菇。

从鸟岛返回的途中，我买了一袋白蘑菇，预备两天后坐火车带回北京。

回到宾馆，铺下一张报纸，将蘑菇一柄柄小伞朝天，摆在地毯上，一如它们生长在草原时的模样。

服务员进来整理卫生，细细的眉头皱了起来。我忙说：“我要把它们带回去送给妈妈。”服务员就暖暖地笑了，说：“您必须把蘑菇翻个身，让菌根朝上，不然蘑菇会烂的。草原上的白蘑菇最难保存。”

听了服务员的话，我就让白蘑菇趴在地上，好像晒太阳的小胖孩儿，温润而圆滑地裸露在空气中。

上火车的日子到了。服务员帮我找来一只小纸箱，用剪刀戳了许多梅花形的小洞，把白蘑菇妥妥地安放进去。原先的报纸上印了一排排圆环，好像淡淡的墨色的图章。我吓了一跳，说：“是不是白蘑菇腐坏了？”服务员说：“别怕。新鲜的白蘑菇的汁液就是黑的。”

进了卧铺车厢，我小心翼翼地把纸箱塞在床下。对面一位青海大汉说：“箱子上捅了这么多洞，想必带的是活物了。小鸡？小鸭？怎么听不见叫？天气太热，可别憋死了。”

我说：“带的是草原上的白蘑菇，送给妈妈。”

他轻轻地重复：“哦，妈妈……”好像这个词语对他已十分陌生。半晌后才接着说，“只是你这样的带法，到不了兰州，蘑菇就得烂成污水。”

我大惊失色说：“那可怎么办？”

他说：“你在卧铺下面铺开几张纸，把蘑菇晾开，保持它的通风。”

我依法处置，摆了一床底的蘑菇。每日数次拨弄，好像育秧的老农。蘑菇们平安地穿兰州，越宝鸡，抵西安，直逼郑州……不料中原一带，酷热无比，车厢内郁闷如桑拿浴池，令人窒息。青海大汉不放心地蹲下检查，突然叫道："快想办法！蘑菇表面已生出白膜，再捂下去就不能吃了！"

在蒸笼般的火车里，还有什么办法可想？我束手无策。

大汉二话不说，把我的白蘑菇重新装进浑身是洞的纸箱。我说："这不是更糟了？"他并不解释，三下五除二，把卧铺小茶几上的水杯、食品拢成一堆，对周围的人说："烦请各位把自家的东西，拿到别处去放。腾出这张小桌，来放小箱子。箱子里装的是咱青海湖的白蘑菇，她要带回北京给妈妈。我们把窗户开大，让风不停地灌进箱子，蘑菇就坏不了啦。大家帮帮忙，我们都有妈妈。"

人们无声地把面包、咸鸭蛋和可乐瓶子端开，为我腾出一方洁净的桌面。

风呼啸着。郑州的风、安阳的风、石家庄的风……接连不断，穿箱而过，白蘑菇黑色的血液渐渐被蒸发了，烘成干燥的标本。

青海大汉坐在窗口迎风的一面，疾风把他的头发卷得乱如蒿草，无数灰屑敷在他铁棠色的脸上，犹如漫天抛撒的芝麻。若不是为了这一箱蘑菇，玻璃窗原不必开得这样大。我几次歉意地说同他换换位子，他却一摆手说："草原上的风比这还大。"

终于，北京到了。我拎起蘑菇箱子同车友们告别，对大家说：“我代表自己和妈妈谢谢你们！”

大家说：“你快回家去看妈妈吧。”

由于路上蒸发了水分，白蘑菇比以前轻了许多。我走得很快，就要出站台的时候，青海大汉追上我，说：“有一件很要紧的事，忘了同你交代——白蘑菇炖鸡最鲜。”

妈妈喝着鸡汤说：“青海的白蘑菇味道真好！”

当我们想家的时候……

常常想家。

当我们想家的时候，其实是想起了母亲。当我们想起母亲的时候，其实是想起了无边无际、云蒸霞蔚的爱。当我们想起爱的时候，其实是想起了如天宇般宽广淳厚的温暖和一种伟大神圣的责任。当我们想起责任的时候，其实是在宁静致远地思索着人生的真谛和生命的尊严。

世上没有关于家的节日，好在有一个母亲节，让我们飘荡的心有所附着。每年这一天，人们不约而同地隆重纪念这个民间节日，感念一种饱含沧桑的爱。

最初发起为母亲设定一个节日的人，一定是一位成年的男人或女人，太小的孩子，我以为是无法理解母爱的。婴儿的热爱的涌起，更多的是源于一种生命本能的驱动。孩子从母亲那里，得到最初的食物和衣着，看到世上第一张欢颜，听到人间第一句笑语……小小的心，像一只薄而透明的钵，盛满了乳色的爱，悄悄地涟漪着。以孩子的智力，必认为这些都是上天无缘无故倾倒的玉液琼浆，是与生俱来的赠品。

作为施与的一方，母爱有时也是本能乃至盲目愚蠢的代名词。母爱单纯也复杂，清澈也混浊，博大也狭窄，无偿也有偿。体验这种以血为缘的爱，感知它的厚重深远，纪念它的无私无畏，弘扬它的旗幡，播洒它的甘霖，需要灵敏的悟力和细腻的柔情。世人只知给予艰难，其实接受也非易事，需要虚怀若谷的智慧。只有容纳得多，才有可能付出得多。对于早年无爱的生命来说，就像没有河溪汇入的干涸之库，无法想见在旱魃猖獗时会有泉眼喷涌。

母亲于是成了一种象征。

她是低垂的五谷，她是无尽的蚕丝，她是冬天的羽毛和夏天的流萤。她是河岸的绿柳依依，她是麦田的白雪皑皑。她是永不熄灭的炉火，她是不肯降下毫厘的期望标杆。她是成绩单上的一枚签名，她是风雨中代人受过的老墙。她是记忆中永恒年轻的剪影，她是飓风中无可撼动、水波不兴的风眼。

母爱并不仅仅从生育这一生理过程中得来，它是心灵的产物而不是子宫的产物。生育只是母爱的土壤，它可以贫瘠也可以富饶，可以繁衍灵芝也可滋生稗草。

我愿把人类那种最崇高而结晶的挚爱，无论来自男女，统称为母爱。

母爱如盐。盐主要是来自大海，母爱最主要的蕴含地，当然是母亲了。但世上还有湖盐、井盐、岩盐、池盐……母爱并不是母亲的专利，它是人类所有最美好、最无私、最博大的爱的总命名。比如，未生育的女子也会富含母爱，像医家泰斗林巧稚大夫，她的双手，便是摆渡万婴安达人世的慈航。在人类的发展史上，更有无数志士仁人，把无边的爱意和关怀倾泻人寰。那爱的纯正灼热，至今散发着炙烤肺腑的力度，促人们警醒，激人们向前。

无论我们是男人还是女人、成人还是少年，我们都曾欢欣地接受过母爱，我们也都可以成为辐射母爱的源泉。

为了能够紧紧地握住一双手

女孩，你真的不怕死人吗?

我在北京隆冬碧蓝色的天穹下，这样问一个美丽的小姑娘，站在临终关怀医院晒满了白色被单的院落里。

她穿着一件1994年初最时髦的红色太空棉短大衣，裹在黑色健美裤里的双腿挺拔有力，脚蹬一双柿黄色皮短靴——整个身躯灵巧得像一只香獐。

我从来没有见过香獐，但它是我想象中最灵动活泼的生物，我愿以它来命名这位年轻的志愿者。

“我不怕。不怕这些就要死去的人。人要死的时候，都非常善良。和他们在一起，我觉得很温暖。”女孩说。

北京的这所临终关怀医院，坐落在亚运村附近。在高楼大厦之间，有一套小小的院落。几十张病床，经年累月住得满满的。风烛残年的老人，把这里当作最后的驿站。他们得到周到的治疗和细心的照料，直到走进永恒的宇宙。院长告诉我，这里入院病人的平均住院时间是13.7天。

“您明白这个数字的意思吗？”院长问我。

“我明白。”我说，“它的意思就是所有走进这所医院的病人，在不到两周的时间内，都永远地离开了我们。”

“是的。”院长说，“他们在告别这个世界的最后的日子里，都格外地渴望温情。”

有一个小姑娘，在一个偶然的机会里，知道了有这样一所医院。她告诉了她的伙伴们。志愿者这个名词是与世界同步的象征，半是好奇，半是女孩天生的爱心，她和她的伙伴们就到这里来了，在一个星期五的下午，像一群小香獐跑进这白色的森林。

刚进院门，她们就后悔了，甚至不敢迈进充满药气的病房。她们像黎明时分凝结的露珠，幼小和清凌。她们无法理解什么是死亡。

“在护士的陪伴下，我战战兢兢地走进病房。”穿柿黄靴子的小姑娘说。

“一个老人一把抓住我的手，连连叫：‘杜鹃……杜鹃！’

“我刚要说我不是什么杜鹃，护士使了个眼色，我就闭紧了嘴。

老人望着我，眼神里有一种深沉的眷恋，嘴边荡出微笑。我和他对视着，恐惧渐渐散去，心里充满了从天而降的感动。

“那一天，别的同学忙着擦玻璃、给病人喂饭，我几乎什么也没有做，只是被那个濒危的老人握着手。他的手很瘦，可是很软，好像用旧的毛巾。

“护士后来告诉我，老人的女儿远在美国，名叫杜鹃。电报发了一封又一封，女儿就是不回来。他的神志已经模糊了，把我当成了杜鹃。

“因为学校里的功课很紧，我们只能一周来一次临终关怀医院。我真的觉得我成了杜鹃，急切地盼望着下次志愿者活动的日子。时间终于到了，我第一个跑进病房，再也不觉得害怕了。推开房门，在老人躺过的病床上，他已经像烟一样地消失了，现在是一位老奶奶了……

“我明白了什么是死亡，它就是一个人永远地不在了。我们每一个人都会老的，我们每一个人都会死的。我希望在我死的时候，身边能有一个女孩，我能紧紧地握着她的手……真的，就是为了这个，因为我们都会有那一天。为了那一天到来的时候，我不会太孤单，我现在就要付出。所以我要做一个志愿者，所以我不怕死亡……”

听一个如此晶莹如此年轻的女孩，在晴朗的天气里谈论死亡，有一种苍凉凄婉的美丽，盘旋于我们的头顶。

“您的问题问完了吗？”穿柿黄靴子的女孩很有礼貌地问我。

“哦……完了。”我说。我还有许多问题想问她，但看出她心不在焉。

“那我就走了。我还要到病房里去给他们唱歌呢。”她转过身。

“哦，问最后一个问题：你给他们唱的是什么歌呢？”我说。

“唱《柳堡的故事》，就是‘十八岁的哥哥呀坐在河边……’那首。”她轻声吟起来。

“你还会唱这么老的歌哪！”我有些吃惊，“这是三十多年前的流行歌曲了。”

“原来不会唱的。后来一位老人对我说，他年轻时最喜欢这首歌。我就让我妈妈教会了我。我想，一个人年老的时候，唱起以前的歌，就会回忆起年轻的时候。等我老了，也许要让那时的志愿者，唱一支《潇洒走一回》了，不知道她们会不会给我唱？”

女孩子略微有些忧郁地说。

“会的。她们一定会的。”我十分肯定地说。

清脆的歌声，像鸽哨一样，在白色的院落上空翱翔。

九九那个艳阳天来哟，十八岁的哥哥呀坐在河边……

无形容颜

除了蒙面匪，我们向人时都有一副容颜，或姣或陋，此乃上天与父母合谋的奉送。它像一件不是自主选定的商品，无处退换，不论满意与否都得义无反顾地佩戴下去，还需忍受它的褪色与破旧，直至与身俱灭。虽说整形与美容术可使某些乏善可陈的相貌得到修正，但从根本上讲，我们的脸都是造化随机奉送的礼物，绝非不喜欢就可轻易扒下、再换一张新的画片。

然而事情又有些怪异，按说千人千面，绝不雷同，但每逢分手之后，我追忆熟悉的朋友或新结识的诸色人等，他们的脸往往如淋了雨的泥娃娃，五官模糊成团，心头浮起的只是一汪暗影，好像柏油路上水渍洇开的油迹，朦胧浮动，难以界定。淡去的眉眼缩略简化成某种符号——亲切或是寒冷的感觉，温馨或是漠然的情致，和谐或是嘈杂的音调。或者干脆涌出一片颜色：柔润的夕阳红、华贵的荸荠紫、神秘的宇航灰或污浊的狗尾巴黄。更多的时候，一提到某个名字，与之相关的那张具体的脸仿佛突然被巨型“消字灵”涂掉，代之一股情绪的云雾，或愉悦或厌倦，弥漫心头。

早先以为自己有残缺，大脑里专管录像的那一部分遭了虫蛀，成了破包袱皮，再也包裹不住有关相貌的记忆，后来年事渐长，与人交流，才知天下有这等恍惚毛病的人颇不少。方明白人的脸，乃是一个变数。

眼光直接注视的时候，对方的眉目自然是清晰的。可惜心灵的感光，基本上是一次成像不保存底片，加上懒散，有形的面容一旦撤离视野，记忆就清理记录，大而化之地分门别类，一一归档。人的有形容貌，无法恒久烙下记忆，卷宗收留的只是提炼过的印象。

世上资产，分为有形和无形。无形资产的定义，我以为是指超出物质的实际价值，由于你的努力在人们心目中形成的信任——简言之，它是你的名字进入他人耳鼓时，呼唤起的一种美好感情。

摈除其中的商业因素，对于人的容颜来说，或可借用这个概念。

脸后有脸。

上天赋予我们的端正或歪斜的眉眼、粗糙或光滑的皮肤、颀长或粗短的身材、完整或残缺的四肢……均是我们有形的容颜，每个人后天创造发展的性格、品行、能力，属于你的无形容颜。

无形脸有正负之分。一个人只有美丽的外表，却没有相应的内在，初次结识时秀丽外形所留下的愉悦印象就会犹如沙上之塔，很快便会被残酷的现实冲刷得千疮百孔。无形容颜的毁灭，像一场“精神天花”，人际关系一旦被传染，犹如多米诺骨牌轰然倒塌。从此提起你的时候，人们会遗憾甚或恼怒地说：“那个人啊，金玉其外、败絮其中。”

无形脸不会衰老。只要我们浇灌慧根、磨砺意志、拓展胸臆，它便会从幼年开始，如同花树一般渐渐生长，直至轮廓分明、明眸皓齿、青丝不老、慈眉善目……岁月流逝，沧海桑田，但在欢喜你、亲近你的眼光中，你所留下的形象始终如一，引起的感觉永恒温暖。比如远行的双亲，纵是白发苍苍，在儿女们心中依旧是盛年音容、风采卓然。

我们习惯以思为笔，在心灵之纸上勾勒众人容貌。它和古时衙门的“画影图形”不同，与真实的形象已无关联，只对真实的情感负责。无形容貌是想象和判断的产物，摒弃工笔，重在写意。它缥缈，却比纤毫不差的实照具有更持久的魅力。

无形脸可以美丽也可以丑陋，能怒火中烧也能垂头丧气，会神采奕奕也会惨淡无光。无形容颜的营造也像一门古老的手艺，“师傅领进门，修行在个人”，如果你背信弃义，无形脸的画布上就留下贼眉鼠眼的一笔。如果你阿谀奉承，画布上就面色萎黄。如果你恃强凌弱，画布上就口眼㖞斜。如果你居心叵测，画布上就血盆大口。如果你聪慧机警，画布上就眉清目秀。如果你襟怀坦荡，画布上就有浩然正气流注天庭。

我们对有形的容颜可以心平气和、随遇而安，对无形的容颜却要惨淡经营、精益求精。有形的容颜可以有疵而不坠青云之志，无形的容颜不能肮脏受污而无动于衷。

有形的脸可存不完美，无形的脸必得常修炼。

珍惜每个人的无形脸，它是品德签发的通行证。凭着优雅的无形容颜，我们可以在萍水相逢的一瞬，遭遇千金难买的信任，转危为安；我们可以在旋转的大千世界，找到志同道合的朋友，共赴天涯。

我羡慕你

我是从哪一天开始老的？不知道。就像从夏到秋，人们只觉得天气一天一天凉了，却说不出秋天究竟是哪一天来到的。生命的“立秋”是从哪一个生日开始的？不知道。青年的年龄上限不断提高，我有时觉得那都是上了年纪的人玩出的花样，为掩饰自己的衰老，便总说别人年轻。

不管怎么样，我觉得自己老了。当别人问我年龄的时候，我支支吾吾地反问一句：“您看我有多大了？”佯装的镇定当中，希望别人说出的数字要较我实际年龄稍小一些。倘若人家说的过小了，又暗暗怀疑那人是否在成心奚落。我开始越来越多地照镜子。小说中常说年轻的姑娘们最爱照镜子，其实那是不正确的。年轻人不必照镜子，世人羡慕他们的目光就是镜子，真正开始细细端详自己的容貌的是青春将逝的人们。

于是我把所有的精力放在孩子身上。记得一个秋天的早晨，刚下夜班的我强打精神，带着儿子去公园。儿子在铺满卵石的小路上走着，他踩着甬路旁镶着的花砖一蹦一跳地向前跑，将我越甩越远。

“走中间的平路！”我大声地对他呼喊。

“不！妈妈！我喜欢……”他头也不回地答道。

我蓦地站住了，这句话是那样熟悉。曾几何时，我也这样对自己的妈妈说过：“我喜欢在不平坦的路上行走。”这一切过去得多么快呀！从哪一天开始，我行动的步伐开始减慢，我越来越多地抱怨起路的不平了呢？

这是衰老确凿无疑的证据。岁月不可逆转，我不会再年轻了。

“孩子，我羡慕你！”我吓了一跳。这是实实在在的声音，从我身后传来，说得很缓慢，好像我的大脑变成一块电视屏幕，任何人都能读出上面的字幕。

我转过身。身后是一位老年妇女，周围再没有其他人。这么说，是她羡慕我。我仔细打量着她，头发花白，衣着普通。但她有一种气质，虽说身材瘦小，却有一种令人仰视的感觉。我疑惑地看着她，我不知道自己有什么值得人羡慕的地方——一个工厂里刚下夜班满脸疲惫之色的女人。

“是的。我羡慕你的年纪，你们的年纪。”她用手指轻轻点了点，将远处我儿子越来越小的身影也括了进去，“我愿意用我所获得过的一切，来换你现在的年纪。”

我至今不知道她是谁，不知道她曾经获得过的那一切都是些什么，但我感谢她让我看到了自己拥有的财富。我们常常过多地注视别人，而自己在不知不觉中失去了最宝贵的东西。人的生命是一根链条，永远有比你年轻的孩子和比你年迈的老人，我们每个人都有自己的位置，有一宗谁也掠夺不去的财宝。不要计较何时年轻，何时年老。只要我们生存一天，青春的财富就闪闪发光。能够遮蔽它的光芒的暗夜只有一种，那就是你自以为已经衰老。

年轻的朋友，不要去羡慕别人。要记住人们在羡慕我们!

你为什么而活着

我有过若干次讲演的经历，在北大和清华，在军营和监狱，在农村土坯搭建的课堂和美国最奢华的私立学校……面对从医学博士到纽约贫民窟的孩子等各色人群，我都会很直率地谈出对问题的想法。在我的记忆中，有一次的经历非常难忘。

那是一所很有名望的大学，约过我好几次了，说学生们期待和我进行讨论。我一直推辞，我从骨子里不喜欢演说。每逢答应一桩这样的公差，就要莫名地紧张好几天。但学校方面很执着，在第N次邀请的时候说，该校的学生思想之活跃甚至超过了北大，会对演讲者提出极为尖锐的问题，常常让人下不了台，有时演讲者简直是灰溜溜地离开学校。

听他们这样一讲，我的好奇心就被激励起来，我说我愿意接受挑战。于是，我们商定了一个日子。

那天，大学的礼堂挤得满满的，当我穿过密密的人群走向讲台的时候，心里涌起怪异的感觉，好像是“文革”期间的批斗会场，不知道今天将有怎样的场面出现。果然，从我一开始讲话，就不断地有条子递上来，不一会儿，就在手边积成了厚厚一堆，好像深秋时节被清洁工扫起的落叶。我一边讲课，一边充满了猜测，不知道树叶中潜伏着怎样的“思想炸弹”。讲演告一段落，进入回答问题阶段，我迫不及待地打开了堆积如山的纸条，一张张阅读。那一瞬，台下变得死寂，偌大的礼堂仿若空无一人。

我看完了纸条说，有一些表扬我的话，我就不念了。除此之外，纸条上提得最多的问题是——

人生有什么意义？请你务必说真话，因为我们已经听过太多言不由衷的假话了。

我念完这个纸条以后，台下响起了掌声。我说你们今天提出这个问题很好，我会讲真话。我在西藏阿里的雪山之上，面对着浩瀚的苍穹和壁立的冰川，如同一个茹毛饮血的原始人，反复地思索过这个问题。我相信，一个人在他年轻的时候，是会无数次地叩问自己——我的一生，到底要追索怎样的意义？

我想了无数个晚上和白天，终于得到了一个答案。今天，在这里，我将非常负责地对大家说，我思索的结果是：人生是没有任何意义的！

这句话说完，全场出现了短暂的寂静，如同旷野。但是，紧接着就响起了暴风雨般的掌声。

那是我在讲演中获得的最热烈的掌声。在以前，我从来不相信有什么“暴风雨”般的掌声这种话，觉得那只是一个拙劣的比喻。但这一次，我相信了。我赶快用手做了一个“暂停”的手势，但掌声还是绵延了若干时间。

我说：“大家先不要忙着给我鼓掌，我的话还没有说完。我说人生是没有意义的，这不错，但是——我们每一个人要为自己确立一个意义！

“是的，关于人生的意义的讨论，充斥在我们的周围。很多说法，由于熟悉和重复，已让我们从熟视无睹滑到了厌烦。可是，这不是问题的真谛。真谛是，别人强加给你的意义，无论它多么正确，如果它不曾进入你的心理结构，它就永远是身外之物。比如我们从小就被家长灌输过人生意义的答案。在此后漫长的岁月里，谆谆告诫的老师和各种类型的教育，也都不断地向我们批发人生意义的补充版。但是，有多少人把这种外在的框架，当成了自己内在的标杆，并为之下定了奋斗终生的决心？”

那一天结束讲演之后，我听到有同学说，他觉得最大的收获是听到有一个活生生的中年人亲口说，人生是没有意义的，你要为之确立一个意义。

其实，不单是中国的青年人在目标这个问题上飘忽不定，就是在美国的著名学府哈佛大学，也有很多人无法在青年时代就确立自己的目标。我看到一则材料，说某年哈佛的毕业生临出校门的时候，校方对他们做了一个有关人生目标的调查，结果是：百分之二十七的人完全没有目标；百分之六十的人目标模糊；百分之十的人有近期目标；只有百分之三的人有着清晰而长远的目标。

二十五年过去了，那百分之三的人不懈地朝着一个目标坚忍努力，成了社会的精英，而其余的人，成就要相差很多。

我之所以提到这个例子，是想说明在人生目标的确立上，无论中国还是外国的青年，都遭遇到了相当程度的朦胧或是混沌状态。有人会说，是啊，那又怎么样？我可以一边慢慢成长，一边寻找自己的人生意义啊。我平日也碰到很多青年朋友，诉说他们的种种苦难。我在耐心地听完那些折磨他们的烦心事之后，把他们乞求帮助的目光撇在一旁，我会问：“你的人生目标是什么呢？”

他们通常会很吃惊，好像怀疑我是否听懂了他们的愁苦，甚至恼怒我为什么对具体的问题视而不见，而盘问他们如此不着边际的空话。更有甚者，以为我根本就没有心思听他们说话，自己胡乱找了个话题来搪塞。

我会迎着他们疑虑的目光，说："请回答我的这个问题，你为什么而活着呢？"

年轻人一般会很懊恼地说："这个问题太大了，和我现在遇到的事没有一点关联。"我会说："你错了。世上的万事万物都有关联。有人常常以为心理上的事只和单一的外界刺激有关，就事论事，其实心理和人生的大目标有着纲举目张的紧密接触。很多心理问题，实际上都是人生的大目标出现了混乱和偏移。"

举个例子。一个小伙子找到我，说他为自己说话很快而苦恼，他交了一个女朋友，感情很好。但女孩子不喜欢他说话太快。一听他口若悬河滔滔不绝地说个没完，女孩就说自己快变成大头娃娃了。还说如果他不改掉这毛病，就不能把他引荐给自己的妈妈，因为老人家最烦的就是说话爱吐唾沫星子的人。

"你说我怎么才能改掉说话太快的毛病？"他殷切地看着我，闹得我都觉得如果不帮他这个忙，简直就成了毁掉他一生爱情和事业的凶手。

我说："你为什么要讲话那么快呢？"

他说："如果慢了，我怕人家没有耐心听完我的话。您知道，现在的社会节奏那么快，你讲慢了，人家就跑了。"

我说：“如果按照你的这个观点发挥下去，社会节奏越来越快，你岂不是就得说绕口令了？你的准丈母娘就不是这样的人啊，她就喜欢说话速度慢一点并且注意礼仪的人啊。”

他说：“好吧，就算你说的这两种人都可以并存，但我还是觉得说话快一些，比较占便宜，可以在单位时间内传达更多的信息。”

我说：“那你的关键就是期待别人能准确地接受你的信息。你以为只有快速发射信息才是唯一的途径。你对自己的观点并不自信。”

他说：“正是这样。我生怕别人不听我的，我就快快地说，多多地说。”

当他这样说完之后，连自己也笑起来。我说，“其实别人能否接受我们的观点，语速并不是最重要的。而且，你能告诉我，你为什么这样在意别人是否能接受你的观点？”

这个说话很快的男孩突然语塞起来，忸怩着说：“我把理想告诉你，你可不要笑话我。”

我连连保证绝不泄密。他说：“我的理想是当一个政治家。所有的政治家都很雄辩，你说对吧？”

我说：“这咱们就比较接触到了问题的实质。要当一个政治家，第一要自信。他们的雄辩不是来自速度，而是来自信念。一个自信的人，不论说话快还是慢，他们对自我信念的坚守流露出来，会感染他人。我知道你有如此远大的理想，这很好。你要做的事，不是把话越说越快，而是积攒自己的力量，让自己的信念更加坚强。”

那一天的谈话到此为止。后来，这个男生告诉我，他讲话的速度就慢了下来，也被批准见到了自己的准丈母娘，听说很受欢迎。

这边刚刚解决了一个说话快的问题，紧接着又来了一位女硕士，说自己的心理问题是讲话太慢，周围的人都认为她有很深的城府，不敢和她交朋友，以为在她那些缓慢吐出的话语背后，隐藏着怎样的阴谋。

“我试了很多方法，却无法让自己说话快起来，烦死了。”她慢吞吞地对我这样说，语速的确有一种压抑人的迟缓，好像在话的背后还隐藏着另一句话。

我看她急迫的神情，知道她非常焦虑。

我说：“你讲每一句话是否都要经过慎重的考虑？”

她说：“是啊。如果不考虑，讲错了话，谁负得了这个责？”

我说：“你为什么特别怕讲错话？”

女硕士说：“因为我输不起。我家庭背景不好，家里有人犯了罪，周围的人都看不起我们；家里很穷，从小靠亲戚的施舍我才能坚持学业。我生怕一句话说差了，人家不高兴，就不给我学费了。所以，连问一句‘你吃了吗？’这样中国最普通的话，我也要三思而后行。我怕人家说，你连自己的饭都吃不饱，也配来问别人吃饭的问题。”

听到这里，我说："我明白了。你觉得自己的每一句话都可能引致他人的误解，给自己造成不良影响。"

女硕士连连说："对对，就是这样的。"

我笑了，说："你这一句话说得并不慢啊。"

她说："那我是相信你不会误会我。"

我说："这就对了。你说话速度慢，不是一个技术性的问题，是你不能相信别人。你是否准备一辈子都不相信任何人？如果是这样，我断定你的讲话速度是不会改变的。如果你从此相信他人，讲话的速度自然会比较适宜，既不会太慢，也不会太快，而是能收放自如。"

那个女生后来果然有了很大的改变，她的人际关系也有了进步。

今天我们从一个很大的目标谈起，结果要在一个很小的地方结束。我想说，一个人的心理是一座斗拱飞檐的宫殿，这座宫殿的基础就是我们对自己人生目标的规划和对世界对他人的基本看法。一些看起来是技术和表面的问题，其实内里都和我们的基本人生观有着千丝万缕的联系。心理问题切不可头痛医头脚痛医脚，那样如同创可贴，只能暂时封住小伤口，却无法从根本上让我们的精神强健起来。

我注视我自己的头颅

一次生病，医生让照一张头颅的CT片子。于是我得到了一张清晰准确的自己头骨的照片。

我注视着它，它也从幽深而细腻的灰黑色胶片颗粒中注视着我，很严峻的样子。

头颅有令我陌生的轮廓。卸去了头发，撕脱了肌肤，剔除了所有的柔软之物，颅骨干净得像刚从海中捞出来的贝壳。

突然感觉到很熟识，仿佛见过似的……不久以前……我记起了博物馆，那里有新出土的类人猿头骨化石。

夹进了几十万年进化的果子酱，颅骨还是像两块饼干似的相似。

造化可真是一位慢性子。

假如我的头骨片落到一位人类学家手里，便可以十分精确地分析出我的性别、年龄、体重、身高……它携带着我的密码信息，脱离我而孤零零地存在着。医生读着它，却作出我是否健康的结论，它似乎比我还重要。

我细细端详它，仿佛在鉴赏一件工艺品。实在说，这个物件是很精致的。斗拱飞檐，玲珑剔透，为人体骨骼中最精彩的片断。不知多少稻麦菽粟的精华，才将它一层层堆砌而起；不知多少飞禽走兽的真髓，才将它润泽得玉石般光滑。阳光中的紫色，馈赠它岩石般的坚硬；和煦的春风，打磨它流畅的曲线。我感叹大自然的精雕细作。用山川日月、金木水火、天上地下、风云雨雪的物质魂灵，挑选着，拼凑着，混合着，搅拌着，一轮又一轮地循环……终于在许多偶然与必然的齿轮磨合中，缝缀镶嵌起了无数颗头颅，其中一颗属于了我。

假如我最终不是化为一股热烟，这头颅该是最难融入泥土的部分。它会睁着空空洞洞的眼眶，凝视着一碧如洗的长天；它会耸动并不存在的鼻翼，吮吸依然存在的花香；它会让风从贯穿的耳道中，像特快列车那样呼啸而过；它会半张着惊愕的颌骨，依旧对这个星球上发生的许许多多事情表示讶异……

我不由得伸手弹弹自己乱发覆盖下的头骨，它发出粗陶罐的响声。这是一个半空的容器、盛着水、细胞和像流星一样游走的念头。念头带着阴电和阳电，焊接时就散发出五颜六色的蛛丝，缠绕在一起，像电线似的发布命令，驱使我具有各式各样的举动。正是这些蝌蚪一样活泼的念头，才使我写下了以上的文字。

罐子里的水会酸腐，那些细胞会萎缩，但文字是不会生锈不会腐烂的，它们比有生命的物体更有生命。它们把念头们凝固下来，像把混浊的豆浆压榨为平滑的固体。人人都公有的文字，经过特定的组合，就属于了我。组合的顺序就是一种思索。

我望着我的头颅，因为它是思索的宫殿，我不得不尊重它。它却不望着我，透过我，它凝望着遥远的人所不知的地方。它比我久远，它以它的久远傲视我今天的存在。但我比它活跃，活跃是生命存在最显著的标志之一。

但和文字比起来，无论现在的活跃或者将来的久远，都黯然失色。

骨骼算什么呢？甲骨文不正是因为有了文，才神圣起来，否则不过是一块烤焦的兽骨！

文字是先人们留给我们的符咒，使我们得以知道一只只水罐曾经储存过怎样的五彩念头。罐子碎了，水流空了，一代又一代最优秀的念头组合却像通电的钨丝一样，在智慧的夜空勾勒着永不熄灭的痕迹。

我注视着我的头颅，递给它一个轻轻的微笑：我们都有完全不复存在的那一天。那时候，证明你我曾经存在过的证据，到哪里去寻找？

制造念头吧！那些美丽的像鸟一样在空中飞翔的念头，假如它们真的充满睿智，假如它们真能穿越时代的雾海，它们的羽毛就会被喜爱它们的人保存。

那个发明CT的人真聪明，它使活着的人看到一个骷髅，想到许多以后的事情。

离太阳最近的树

30年前，我在西藏阿里当兵。

这是世界的第三级，平均海拔5000米，冰峰林立，雪原寥寂。不知是神灵的佑护还是大自然的疏忽，在荒漠的褶皱里，有时会不可思议地生存着一片红柳丛。它们有着铁一样锈红的枝干，风羽般纷披的碎叶，偶尔会开出穗样细密的花，对着高原的酷热和缺氧微笑。这高原的精灵，是离太阳最近的绿树，百年才能长成小小的一蓬。在藏区巡回医疗，我骑马穿行于略带苍蓝色调的红柳丛中，竟以为它必与雪域永在。

一天，司务长布置任务——全体打柴去！

我以为自己听错了，高原之上，哪里有柴?

原来是驱车上百公里，把红柳挖出来，当柴火烧。

我大惊，说："红柳挖了，高原上仅有的树不就绝了吗？"

司务长回答："你要吃饭，对不对？饭要烧熟，对不对？烧熟要用柴火，对不对？柴火就是红柳，对不对？"

我说："红柳不是柴火，它是活的，它有生命。做饭可以用汽油，可以用焦炭，为什么要用高原上唯一的绿色！"

司务长说："拉一车汽油上山，路上就要耗掉两车汽油。焦灰炭运上来，一斤的价钱等于六斤白面。红柳是不要钱的，你算算这个账吧！"

挖红柳的队伍，带着铁锨、镐头和斧，浩浩荡荡地出发了。

红柳通常都是长在沙丘上的。一座结实的沙丘顶上，昂然立着一株红柳。它的根像巨大的章鱼的无数脚爪，缠附到沙丘逶迤的边缘。

我很奇怪，红柳为什么不找个背风的地方猫着呢？生存中也好少些艰辛。老兵说："你本末倒置了，不是红柳在沙丘上，是因为有了这红柳，才固住了流沙。随着红柳渐渐长大，流沙被固住的越来越多，最后便聚成了一座沙山。红柳的根有多广，那沙山就有多大。"

啊，红柳如同冰山。露在沙上的部分只有十分之一，伟大的力量埋在地下。

红柳的枝叶算不得好柴薪，真正顽强的是红柳强大的根系，它们与沙子黏结得如同钢筋混凝土。一旦燃烧起来，持续而稳定地吐出熊熊的热量，好像把千万年来从太阳那里索得的光芒，压缩后爆裂开来。金红的火焰中，每一块红柳根都弥久地维持着盘根错节的形状，好像傲然不屈的英魂。

把红柳根从沙丘中掘出，蓄含着很可怕的工作量。红柳与土地生死相依，人们要先费几天的时间，将大半个沙山掏净。这样，红柳就枝丫遒劲地腾越在旷野之上，好似一副镂空的恐龙骨架。这里须请来最有气力的男子汉，用利斧，将这活着的巨型根雕与大地最后的联系一一斩断。整个红柳丛就訇然倒下了。

一年年过去，易挖的红柳绝迹了，只剩那些最古老的树灵了。

掏挖沙山的工期越来越长，最健硕有力的小伙子也折不断红柳苍老的手臂了。于是，人们想出了高技术的法子——用炸药！

只需在红柳根部，挖一条深深的巷子，用架子把火药放进去，人伏得远远的，将长长的药捻点燃。深远的寂静之后，只听轰的一声，再幽深的树怪也尸骸散地了。

我们风餐露宿。今年可以看到去年被掘走红柳的沙丘，好像眼球摘除术的伤员，依然大睁着空洞的眼睑，怒向苍穹。但这触目惊心的景象不会持续太久，待到第三年，那沙丘已烟消云散，好像此地从来不曾生存过什么千年古木、不曾堆聚过亿万颗沙砾。

听最近到过阿里的人讲，红柳林早已掘净烧光，连根须都烟消灰灭了。

有时深夜，我会突然想起那些高原上的原住民，它们的魂魄，如今栖息在何处云端？会想到那些曾经被固住的黄沙，是否已飘洒在世界各处？从屋子顶上扬起的尘沙，常常会飞得十分遥远。

绝望之后的曙光

我们五个女兵于1969年4月被分配到西藏阿里军分区，分区是1968年成立的，所以说我们是阿里军分区的第一批女兵。我是1952年10月出生的，当时是16岁半。

过“五一”了，说有一辆大轿子车和一辆大解放车结伴上山，让我们5月2日9点到大门口集合。当我们按照预定时间准备上车的时候，才发现探家回来的干部战士早就上了车，黑压压地把大轿子车的位子都坐满了。那时候的军人多半来自乡下，没有照顾女士的概念，况且他们原也不知道会有女兵上山，就满车寂然一言不发地盯着我们看。我是班长，看看车子最后一排还能挤进两个人，就叹了一口气说，三个人上解放车大厢板，两个人留在这辆车上。等明天咱们再内部调换一下，自己把苦乐匀匀吧。

从喀什上到狮泉河，那时要走六天。六天当中，没有哪位男性军人愿意把他们的座位让给这些年轻的女孩子，我们就自己互相帮助。道路极其颠簸，在一次最剧烈的晃动中，一个女兵的头把大轿子车的天花板顶碎了一个洞。那个女兵姓孙，疼得抽噎起来，满车的男军人一阵哄笑，说："你是孙猴子，有一个铁打铜铸的脑壳，把车都毁了。"

六天的路程，山高水远。我坐在解放车的大厢板上，穿着大头鞋，裹着皮大衣，蜷缩成一团。从车篷布的缝隙中看着阿卡子大坂和界山大坂上纷飞着的鹅毛大雪，听着缠有防滑链的车轮在雪地和碎石上碾过的细碎声响，觉得以前在北京温暖家中读书的日子，是一个梦。六天中，没有任何阿里的男性军人给过我们以丝毫关照。当我们终于在第六天夕阳西下的时候，到达狮泉河镇，迎接我们的阿里军分区卫生科的领导又表现得匪夷所思。他们围着我们五个人转了好几圈，然后面面相觑、毫无表情地走了。

五个女兵站在荒凉的戈壁上，完全不得要领。我至今仍要感谢大脑缺氧和严重的高山反应带来的木讷和迟钝，让我们在这段不知道有多久的时间内，没有哭，没有叹息，也没有思索，一言不发。在这段思维空白的时间里，我看着远处的夕阳像一张金红色的巨饼，无声无息地缓缓降入峰峦之口，大地变得一片苍茫。

等卫生科的领导再次出现的时候，就很热情了，连连说着“欢迎你们”，接过了我们的背包和脸盆。

科长后来解释他们的做法：曾经收到过南疆军区的电文，说是给卫生科派去了五名卫生员，但并没有说明是女子。在我们之前，阿里军分区从来没有女兵，所以他们头脑中也没这根弦。接站时刻，突然发现来者是女孩子，遂大吃一惊、措手不及。他们原本是把我们分散安排在各个男兵宿舍，一见之下情知不妥，赶紧回去倒腾房子。

我们五个都是1969年的兵，2月入伍，在新兵连集训了两个月，学的都是齐步走投弹射击什么的，其余的时间就是种菜送粪，并没有经过任何医学训练。到了卫生科，马上安排我们到病房工作，连最基本的肌肉神经在哪里都不知道，就让我们开始上班了。

那时病房有12张病床，经常住得满满的，还要加床。记得第一天打针，老卫生员告诉我，你在病人的半边屁股上画一个“十”字，然后在“十”字外四分之一处把针戳进去就行了。千万不要打到靠内侧啊，那样伤了神经，会把人打瘫的。

这番话他跟我说过好几遍了，可我还是下不了手。老卫生员说：“这又不是扎你自己，有什么可怕的，一狠心一咬牙就攮进去了。”

我说：“这跟学木匠可不一样，人都是肉长的。”

老卫生员说：“人肉可比木板软多了。”

不管他怎么说，我还是没法上阵。老卫生员一副“恨铁不成钢”

的模样，答应我先在棉被上练习一下。我表示可以“一不怕苦二不怕死”在自己身上练习，但肌肉注射这个事，只能在别人身上练习，自己就不太好操作了。过了好几天，当我在棉被上扎得基本熟练之后，才推着治疗车进入病房。我的第一针是给一个叫“黄金”的战士注射青霉素。老卫生员说得不错，人的肌肉比木板好扎多了，比棉被也要容易进针。扎完之后，黄金一股劲地感谢我，说一点都不疼。我自己知道这是为什么。因为用的劲过大，针头全部飞快地刺进肌肉，所以几乎不疼。缺点是这样进针十分鲁莽，如果针断在皮肉中，取出来就很困难。算这位黄金战友命大，既不感觉到疼，也没有碰上断针这样的倒霉事，过了一关。

1970年底，要开始野营拉练了。我们都纷纷写决心书，报名参加拉练，要求到火线上去锻炼。繁忙的准备工作开始了，主要是给自己做一口锅，以便独立野炊的时候能吃得上饭。具体方法是先用锉刀把罐头盒锉开，这样才能最大限度地保存罐头盒盖子的完整，在做饭的时候少跑一点气。然后在罐头盒盖子（现在已经变成锅盖子了）上凿个小洞，在罐头盒锅体上也穿个小洞，两洞合一，用铁丝拧紧，简易小锅大功告成。

出发的前一天，我们把拉练需要携带的物品——比如枪支弹药、红十字包、干粮袋、帐篷雨衣、被褥行李等，都背在身上，跳上磅秤一量，将近200斤。那时我们的基本体重（穿上棉袄棉裤绒衣绒裤大头鞋，带上皮帽子）大约是120斤，也就是说，负重在70斤以上。

出发了。

餐风宿露，跋山涉水。1971年1月，数九寒天，阿里高原最寒冷的日子。日日急行军，给我留下最深印象的是从葛尔昆沙到班卡的一段路。设定的行军路线图要翻越无人区，路上完全没有水，所以要每人背上一块冰。也没有柴草，要背上牛粪。当天赶不到班卡就没有地方宿营，必须要走120华里山路。大约是凌晨3点钟，队伍起程了。

120里路，在海拔5000米以上的高山之巅，就是巨大的挑战了。上午还好，虽然气喘吁吁，总算不掉队地走了下来。中午吃饭的时间到了，要求各自起火。我们先是把背上的冰取下来，砸成小块，放到罐头盒的小锅里，然后再找到几块小石头，把罐头盒垫起来，算作灶台。再把牛粪干塞到石头的缝隙里，点火开始做饭。等到水开了，把干粮袋里的生米下锅，米熟了，就可以开饭了。

这个过程说起来简单，其实不易。单是在大风中划着火柴，就要费半天的工夫。火柴梗丢了一地，还是无法引燃，我向战友借打火机。他说：“这里海拔太高了，打火机也很难打着，我的打火机有个外号，叫做‘半个世纪’。”

他以为我一定会好奇地问打火机为什么要叫“半个世纪”，可我又累又饿，根本没心情说话。他只好自己说下去：“因为要连续打五十几下，才能冒出火苗。”我好不容易把牛粪火点燃，瞬即又被大

风吹熄，只得重点。几番折腾之后，冰融化成了点点滴滴的水，发出
咝咝啦啦的响动。我赶快抓起一把生米下锅，罐头盒内又无声无息
了。千呼万唤好不容易才把米泡开，我尝了一下基本上可以吃了，却
不料一不小心，支撑罐头盒的石头晃了一下，整个盒子倒扣下来，湮
灭了牛粪火，所有的米粒也都洒在外头，白花花一地，马上冻结在石
头上，没法吃了。

欲哭无泪。因为各自起火做饭，罐头盒就那么一点大，别人的饭
食也很有限，我不能求助。正在想着是不是重新煮米，出发的号声
响了。

一座险峻的高山横在路上。到了傍晚的时候，只爬到半山，饥寒
交迫，我只觉得自己再也坚持不下来了。心跳得好像要从嗓子里喷出
来，喉头咸腥，一张嘴仿佛会血溅大地。背上交叉的皮带，一条属于
手枪，一条属于红十字包，如同两条绞索，深深地嵌进了肩骨。两腿
沉重如铅，眼珠被耀眼冰雪刺得发盲，不停地流泪……我问自己，人
这样活着还有什么意义？我身上的所有感官，感受到的都是痛苦与折
磨，这样的生命，我再也不想拥有了。我要结束生命，从此长眠，埋
骨雪山。

我认真地开始寻找致死的机会。我想，第一要像失足落下悬崖，
这样就算因公牺牲，我就会被追认为烈士，对家里人也就有个交代
了。第二是不摔则已，要摔必死。因为如果不死，只是断了胳膊折了

腿，还得劳烦战友们下到谷底抬着我走。艰苦行程中，人人自身难保，再负重行军，我就成了罪人。第三，必须摔得粉身碎骨，让人从高处一看就知道根本找不到我的尸骨。放弃寻找，给大家方便。

这三条想好之后，我已抱定了必死的决心，只剩下具体实施了。我原来以为死是比较容易的事情，其实真要寻死，也并不简单。第一次，我看好了一个地方，就要放开攀岩的手的时候，突然发现底下的石头不够尖锐，摔而不死就糟糕了。第二次选中的地方，又觉得那里的积雪太厚了，也难以一摔致命。第三次，怪石嶙峋积雪菲薄，摔下去必死无疑，但因为是在队列中行进，我后面的那个人亦步亦趋跟得太紧，如果我一失手坠落，背上凸起的背包在坠下的过程中挂上他，他在毫无准备的情况下，很可能被我牵连着一同摔下去……

我不能伤了战友的生命。机会稍纵即逝，我眼睁睁地看着那块最佳的自杀之地离我远去。天不可阻挡地黑下去了，天黑之后，自杀就变得更为困难。主要是看不清地形，如果摔不死，就会被活活冻死，那太可怕了。我不怕死，可我害怕慢慢地煎熬。

寻死不得，就只有像架机器似的向前向前……队伍中是不能容忍停滞不前的。完全没有了思想，没有了方向，只有挺进。周围是一片黑暗，我从来没有见过那样黏腻厚重的黑暗，头脑中也是一片黑暗，如同最深的海底，渺无希望。

大约到了凌晨3点的时候，我们终于抵达了班卡哨所。我们不停顿地行走了24个小时，气温是零下38摄氏度。

那天晚上（正确地讲应该说是黎明），我以为自己会蒙头大睡，不想脑筋却冰雪一样清冷。我想，人在最艰苦的时候，常常会产生绝望，以为自己就此倒下，一了百了。但只要不懈地坚持，其实也没有什么了不起的，曙光会重新出现。

1980年我转业回北京。受理户口的民警登记时问我：“你一入伍就分到西藏阿里军分区，一直到转业，都是在这个单位工作吗？”我说：“是。我当兵11年，只在一个单位工作过，那就是西藏阿里军分区。”

假如我得了非典

北京的春天今年没有沙尘，没有沙尘的空气里，弥漫着一个陌生的名词——非典。非典病毒是微小的，人的体积比它庞大亿万倍。一只病毒的分量较之一个人的体重，像是一滴水向整个太平洋宣战。然而，这滴邪恶而沸腾的水，在春天的早晨燃起恐怖的荒火。

假如我明天得了非典，我该如何？实在不愿这样设想，生怕轻声的诵念也会把那魔鬼引入家门。我逼迫自己认真筹划，既然有那么多人已悄然倒下，既然我不想在懵懂无备中浸入灾难。

假如我得了非典，我不会怨天尤人。人是一种生物，病毒也是一种生物。根据科学家考证，这一古老种系在地球上至少已经滋生了20亿年，而人类满打满算也只有区区百万年史。如果病毒国度有一位新闻发言人，我猜它会理直气壮地说，世界原本就是我们的辖地，人类不过是刚刚诞生的小弟。你们侵占了我们的地盘，比如热带雨林；你们围剿了我们的伙伴，比如天花和麻疹。想想看，大哥岂能束手待毙？你们大规模地改变了地球的生态，我们当然要反扑。你们破坏了物种之链，我们当然要报复。这次的非典和以前的艾滋病毒，都还只是我们派出的先头部队牛刀小试。等着吧，战斗未有穷期……人类和病毒的博弈，永无止息。如果我在这厮杀中被击中，那不是个人的过失，而是人类面临大困境的小证据。

假如我得了非典，我会遵从隔离的法律。尽管我一直坚定地主张人应该在亲人的环抱中离世，让死亡回归家庭，但面对大疫，为了我所挚爱的亲人，为了我的邻里和社区，我会独自登上呼啸的救护车，一如海员挥手离开港湾，驶向雾气笼罩的深洋。

假如我得了非典，即使在高烧中，即使在呼吸窘迫中，面对防疫人员，我也会驱动疲惫的大脑殚精竭虑，回顾我最近所走过的所有场所，把和我面谈过的朋友名单一一报出，祈请他们保持高度警惕。原谅我，这是此时此地我能向他们表达歉意和关爱的唯一方式。

假如我得了非典，我会接纳自己最初的恐惧。这毕竟是一种崭新的病毒变种，人类对它所知甚少，至今还没有特效的药物，战胜它的曙光还在阴霾中栖息。那个戴着荆棘冠冕的小家伙，凶残而强韧。但是，我不会长久沉溺于孤独的恐惧，因为它不是健康的朋友，而是衰朽的帮凶。我珍爱我的生命，当它遭遇重大威胁之时，我必将集结起每一分活力，阻击森冷的风暴。无数专家告诫，在病毒的大举攻伐中，肌体的免疫力是我们赤胆忠心的卫士，只有平稳坚强必胜的心理，才能让身体处于最良好的抗击姿态，才是战胜病毒的不二法门。我不会唉声叹气，那是鼓敌方士气灭自己威风的蠢举。我不会噤若寒蝉，既然此病有九成人员可以逃脱魔爪，我激励自己相信概率。

如果我的病情不断恶化，到了需要气管切开的时候，我衷心希望医护人员做好防护，千万不要为了争取那一分钟半分钟的时间而仓促操作，威胁自身安危。致命的感染常常在这时发生。如果因此推延了抢救，我无怨无悔。医生护士的身上承载着更多重托，他们的生命不仅仅属于自己，我即使逝去，也会为最终没有带累更多的人而略感宽慰。

假如我得了非典，将携书同行。一些名著百读不厌，一些忙碌中买下的册子至今未翻。我已将它们归拢到书架某层，像一小队待发的士兵。如果我赶赴医院，这些刀枪不入的朋友，将一道踏入病房。一本女法医的探案集，只看了多半，特地留下悬念，预备着万一昏迷了也会念念不忘。为了得知谁是真凶，我一定要坚持醒来。

假如我得了非典，离家时千万要带上手机和充电器。估摸病房里不一定有电话，病重气短时也走不到公共通话间。我平日不喜欢这如同蟋蟀一样无所不在的器具，自此却刮目相看。我会不断向亲朋报告讯息，直到我康复的那一天。如果我已无法回答，请相信我依然在用心灵祈祷大地平安。

假如我得了非典，我会积极配合医生护士的治疗，我知道他们已太累太乏。我努力做一个出色的病人，不论我活着还是我死去。

终于要说到死了。既然想到过一切，自然也想到了死。死于一场瘟疫，实在始料不及。但人生没有固定的脚本，大自然导演着多种可能性，以人必有一死的不变法则来看，这黑色幽默也不算太唐突。如果能对传染病学有所裨益，我同意解剖尸体。如果作为芸芸死者，没什么特殊价值，请留我完整化烟。缘于耿耿于怀的仇隙——凭什么我死了，那个肆虐的杀手还在实验室里养尊处优地繁衍？与之共焚，也算雪恨。

假如我得了非典，我会在踏入救护车的那一瞬，尽我最大的努力，操纵我凄迷的双眼和抽搐的嘴角，化作粲然的回眸一笑，向我的家人和小屋致谢，感激他们所给予我无尽的快愉和暖意。我必定还会回到这里，无论是在阳光下还是在睡梦中，无论是我康宁的身体还是我飞翔的灵魂。

假如我是毒王

非典流行，世界卫生组织的官员承认："对这种病毒我们知之甚少。"但有个术语，估计从权威专家到平头百姓都谨记在心，那就是——"毒王"。

毒王的意思就是某些患者的传染性特别强，比如一位26岁的香港男子，直接感染了112人，其中69名是护理过他的医务人员。内地更有传说某毒王感染了180人。这顶毒涎编织的桂冠，台湾也有……不知将来创下最高纪录的"王中王"由哪厢人士胜出。

在电视里听过某女毒王的声音，碎碎的，惴惴的，气虚，更兼心虚。她说出院后才知自己成了毒王，有若干人因她而往生。她很内疚，只有待身体全面恢复后做义工来报答社会。

非典的病死率并不是很高。和冷血的享有90%以上病死率的埃博拉病毒相比，是小巫见大巫。纵是有红霉素做特效药的军团菌感染，病死率也在5%~20%间浮动。几害相较，非典还算手软。

然而我们无法安心，因为有毒王。毒王嗜血成性，有一副撑竿跳的好身手，从甲躯体到乙躯体，蜻蜓点水就输出了死亡。

假如没有现代科技，没有医务人员的拼死救助，没有气管切开，没有呼吸机，毒王们早就驾鹤西行了。一部微生物史告诉我们，如果某个毒株的毒力太过凶猛，须臾之间便取了宿主性命，等于疯癫地撕了自己的餐票，只能和猎物同归于尽了。

假如我得了非典不幸又成了毒王，我将如何?

大自然是公平的。狡猾从容的毒株，比如乙肝，似阴险的绅士，循序渐进地危害着宿主。中招的叶子并不立时凋落，毛毛虫才可缓缓受用。如果毒性太强，烈到见血封喉，便也只剩一剑的威风。大树倒了，再凶顽的猢狲也只得散了。

那么，如果没有最后的抢救，我这个画着骷髅头的毒罐子，就会在窒息中死亡。对我个人来说，自然是无与伦比的大悲剧，但对广大健康的人群来说，却未必不是好事。倘做气管切开插入呼吸机，刀锋旋下，皮肉崩裂的那一瞬，蓄势已久的毒液，必会飙射而出。那扩散和污染的威力，恰如轰爆的生化武器。

于是，之后，你会听到太多的护士和医生感染的例子，甚至在严密的防护之下，仅仅由于眼球结膜在我吁出的空气中眨动，也能把他或她漆黑的双眸漂白。

如果我是毒王，请不要过度抢救。不是我大义凛然舍身饲虎，而是搏斗的代价太过悬殊。我固然痛惜一己死生，我也同样珍爱他人的性命。非典时期非常办法，重疫之下无戏言。山火熊熊定要尽力扑救，如若狂风漫卷，就只能在远处挖深壕防范，而不可在红舌中群舞。既然现代科技尚未研发出剿杀超强毒株的药物，就让我遵循大自然的严厉法则——凶残的肇事者理应和它的宿主同生同灭，不适当的溺救就是放虎归山。医生，你不要太柔情。医学，你不要太浅视。倘手无利器，切不要鲁莽撕去所罗门王的封印，放妖怪逸出魔瓶。春瘟横扫，僵硬地拘泥于一城一地的得失，那就是对全局的反叛和对职责的误读。

如果抢救了，如果成功了，在各方付出巨大代价之后，保全了我的性命，我希望世人与我同喜同庆。我何德何能享此殊荣？只因胸膛中吸附了太多同类的牺牲，每一滴血都不再独属于我。犹如软弱的石墨经历高压，在聚变中镶嵌了众人的光芒，已璀璨为极品的钻石。这躯壳脱出了我的私有，盛满了感激和义务。我会尽可能多地捐出血清，以助更多人走出绝境。我会不断地接受各种检查，为疾病的研究提供第一手资料。我会无怨无悔地在观察中度日，这是幸存者的责任。

可是，我能感受到从角落中刺出的冰冷目光，好像我恩将仇报是个连环杀手。我甚至都无法祈求原谅，因为有资格谴责我的人多已无声。这不是我的过失，而是非典病毒假我之手布下的滔天罪行。我被它改造成了“人体盾牌”，我是它第一个受害者，也是它的终结者。我见证了它的猖獗和流传，也见证了它的退败和消亡。人们啊，有那么多科技成果在我身上流淌，请格外珍惜我的每一分反应。如果你轻慢我，你就轻慢了一架精敏仪器的回声。有那么多鲜活生灵曾被我溶解，请格外尊重我的每一种感受。如果你漠视我，你就漠视了那些英勇卓绝的付出。

人们啊，毒王是瘟疫的舍利子，你可要慎重!

豆角鼓

有一个在幼儿园就熟识的朋友，男生。那时，我们同在一张小饭桌上吃饭。上劳动课的时候，阿姨发给每人一面跳新疆舞用的小铃鼓，里头装满了豆角。当我择不完豆角丝的时候，他会来帮我。我们就把新疆铃鼓称为“豆角鼓”。

以后几十年，我们只有很少的来往，彼此都知道对方在城市的某一个角落里，愉快地生活着。一天，他妻子来电话，说他得了喉癌，手术后在家静养，如果我有时间的话，请给他去个电话。我连连答应，说明天就做。他妻子略略停了一下说：“通话时，请您尽量多说，他会非常入神地听。但是，他不会回答你，因为他无法说话。”

第二天，我给他打了电话。当我说出他的名字以后，对方是长久地沉默。我习惯地等待着回答，猛然意识到，我是不可能得到回音的。我便自顾自地说下去，确知他就在电线的那一端，静静地聆听着。自言自语久了，没有反响也没有回馈，甚至连喘息的声音也没有，感觉很是怪异。好像你面对着无边无际的棉花垛……

那天晚上，他的妻子来电话说，他很高兴，很感谢，希望我以后常常给他打电话。

我答应了，但拖延了很长的时间。也许是因为那天独自说话没有回声的感受太特别了。后来，我终于再次拨通了他家的电话。当我说完：“你是××吗？我是你幼儿园的同桌啊……”

我停顿了一下，并不是等待他的回答，只是喘了一口气，预备兀自说下去。就在这个短暂的间歇里，我听到了细碎的哗啦啦声……这是什么响动？啊，是豆角鼓被人用力摇动的声音！

那一瞬，我热泪盈眶。人间的温情跨越无数岁月和命运的阴霾，将记忆烘烤得蓬松而馨香。

那一天，每当我说完一段话的时候，就有“哗啦啦”的声音响起，一如当年我们共同把择好的豆角倒进菜筐。当我说“再见”的时候，回答我的是响亮而长久的豆角鼓声。

生命的颜色

记得接到湖南卫视邀我做嘉宾，飞赴上海采访陆幼青的电话时，踌躇犹豫。因为一个星期后，我就要到美国去，临走之前，诸事繁多，更主要的是心中忐忑。在大众传媒上展示死亡和面对死亡的接纳，我知道这在中国是一个新的课题。以画面表现一个濒临死亡的人的生存状态和精神思索，是沉重和令人惊惧的。我佩服湖南卫视的勇气，如果我是一个观众，我期待着看到这样发人深省的节目。但我自己可不想参与其中。死亡话题，轻了重了都会出问题，分寸感非常重要。实话说，我对采访没把握，我对自己没信心。

我把这份顾虑对着话筒说了。在感谢湖南卫视《有话好说》对我的高度信任之后，坚决婉拒出任这一角色。电话那一头的编导王骏很有韧性，毫不气馁，对我说："毕老师，我读过您的《预约死亡》，我在互联网上以'死亡'为题查找资料，所得甚少。我们再三考虑，觉得您还是一个合适的人选。我们等着您。"

那一瞬，我沉默。我能体会到他查找资料的那一份艰辛。

也许是因为自己做过医生的经历，我对死亡的研究十分关注。几年前，当我决定以临终关怀医院的题材创作一部小说的时候，为了补充自己的学养，临时抱佛脚，到处搜寻有关死亡学的资料，也是遭遇到了显著的困难。我惊异地发现，对于这样一个每个人都必定完结的归宿，我们的文化忌讳深深。王骏的话，使我更加感到了陆幼青的勇敢和可贵。他是一个孤独的斗士，在死亡的不归之路上疾行，留下串串脚印。无论从哪个角度讲，他都是值得钦佩的。我们活着的人，难道不能和他一道走过一程吗？在这种关头，迟疑地斟酌自己的形象得失，不仅仅是怯懦，更是一种不仁慈。

这样将了自己一军之后，我答应王骏，即日飞赴上海。

心立刻坠沉了起来。去美国的衣物还来不及购买和准备，外汇也没有换，还有诸多的事物也未梳理，统统放下了。先从网上down（下载）下来陆幼青的日记，一篇篇细细阅读。然后把家中能找到的关于死亡学的资料，快速复习浏览。最后开始打点行装。

带什么样的衣服呢？让我费了心思。正是夏末秋初的日子，北京的早晚已有些微的冷。上海比这里南，该是热的。但是，若是赶上风雨，是不是也有凉意呢？旅途辛苦，回来后马上又要渡重洋，可不能感冒。再者，衣服的颜色非常重要。因为这次采访非同寻常，面对的是这样一个聪明而特别的人，一栏视角独特氛围凝重的节目，我作为采访嘉宾，着装的色彩就不能凭着自己的喜好，而应以符合整个情境为妥。

我为自己选了两件白色的长短衬衣带上，心想白色总是不会出大错的。又在衣橱里挑了一件淡荷粉色的短袖衫，压在旅行箱的最底层。我对这件衣服到底用得着用不着，没多少把握。衣衫的粉色虽然极淡，毕竟偏向暖和红，不知陆幼青的心境和这一份色彩系统是否吻合，有备无患吧。又找出一件米黄色夹杂黑纹路的旧短袖衫，留着自己路上穿。它柔软舒适，摸爬滚打都相宜，随身方便。

马东主持人和王骏与我在电话里探讨如何将这期节目筹划得更有分量，大家都感到压力很大。国内同样的节目几乎未曾有过，对观众的接受程度也有几分不摸底。网上已经有人在嘀咕陆幼青作秀，节目的分寸感就更显凸出。既要充分显示出陆幼青思考的力度，肯定这一直面死亡的勇气，又不能光是空洞的赞扬，要更深地挖掘人性中的多个侧面。

电话打得很长，思绪还是未曾理清。关键是对陆幼青本人的状态不是很明晰。古话说“知己知彼，百战不殆”，我们现在只是半知。从电话里听得出，马东是视野开阔思维敏捷的主持人，有一种从善如流的气度，王骏更是好学有为的青年。这使得我们之间的谈话，从一开始就是坦率和富有建设性的。我说，在正式的节目录制之前，我们是否可以和陆幼青本人有一个接触。我虽然当过多年的医生，也接触过很多濒临死亡的人，但每一个人都是不同的，陆幼青更是一个非凡的人。这是一期引人深思的节目，为了对广大的观众负责，咱们尽量把准备工作做得细致些。

马东说，他很理解我的想法。只是为了保持现场的新鲜感，这档节目的惯例，是在录制之前，嘉宾和主持人都只是研究书面的资料，并不同接受访谈者直接见面。

我坚持了一下自己的主张，主要是从医生的角度考虑。我说，我从陆幼青在网上发布的日记来看，他的身体已出现缺氧和短时间窒息的情况。拍摄过程是很辛苦的，光照很强，时间也很难控制。对一个晚期癌症的病人，人道与尊重是非常重要的。我们不能只是从自己工作圆满的角度考虑，而忽视了陆幼青的权利。正因为他已视死如归，正因为他会强忍自己的痛苦，全力配合节目的录制，我们更要替他想得周到。况且，依我的经验，这种关于死亡的讨论，有时会深刻地搅动思维最底层的记忆，也需通盘设计。再者，我不知陆幼青对某些话题是否有特殊的爱好或是禁忌，准备工作多多益善。

马东思忖片刻说：“这样吧，毕老师，咱们分头从长沙和北京动身。到达上海的当天，我们同陆幼青先生的夫人时牧言女士见个面。

如此，我们就可比较详尽地了解到有关陆幼青方方面面的情况，又能保持正式拍摄时的新鲜感。”

就这样约定了。

买机票的时候，我特地选了浦东机场。虽说下了飞机后的路途比较远，但因为知道了陆幼青所工作的单位和浦东的开发有关，心想这样走一走，顺便也可对陆幼青工作时每日看到的景象，多一点感性的体验。

通常我上飞机，会穿着随体赋形的旧衣服蒙胧入睡。这一次不行了，目光炯炯，心中有焦虑和不安。

见了马东和王骏，果然和预想的一样，是勤勉聪慧、机警博识的年轻人，且有很好的教养，不愠不躁。我们找了住处周围的一间很小的酒吧，坐下开始讨论。已是下午时分，马东还没有吃午饭，要了一点简单的食品，边吃边说。我在飞机上吃了少许东西，便点了一杯矿泉水，边喝边说。

我们谈得很投机，设想得很全面，提出了种种的假设，特别是把陆幼青的日记逐句逐段地阅读，探讨在这些文字后面的那颗灵魂在怎样思索和表达。我敢说，在那时的中国，将陆幼青的文字读到如此细致深入程度的人，不敢说绝无仅有，肯定是不多的。

我们的身体，被上海的八月末的下午潮热的暑气蒸腾着。我们的大脑，被生命行将终结的严峻的冷气凝滞着。当一个我们所尊敬的人，正在每分钟地远去，我们又需挖掘出他内心的隐秘甚至隐痛的时候，挑战的力度和选择的艰难是那样矛盾。

最后，我们统一在“真诚和真实”。我们要向世人展示一个真实的陆幼青，展示他的现状和他的内心世界。马东希望我能就死亡学的研究和进展谈一点学理上的东西，我在本子上做了记录和整理。

讨论之后，稍事休息，我们赶往一处饭店，和陆幼青的夫人时牧言女士会面。

晶莹热闹的大堂，喧哗中弥漫着鼎沸的人气。我们到得比较早，枯坐在一张餐桌旁，静静地等待着。在这一瞬，时牧言会是一个怎样的人，强烈地引发我们的想象。如果说，陆幼青的心脉还可以在他的文字中摸到搏动，那他的妻子，在这样的生离死别面前，将是怎样的心态和举止更令人猜测。因为餐桌位于餐厅中段，来客几乎可以从任一方向走过来，我不时地四处张望，期待着能在众多的客人中认出她来。

我甚至在想，她会穿着怎样的衣服呢？在这样的时刻，她的服装表达着她的愿望和信心，她会为自己和丈夫的心情而穿衣吧？

时牧言来了，沉稳而憔悴。她穿着橙色的衣服，鲜艳夺目。我悄悄环顾，因为这色彩太暖了，类乎海难时的救生衣，整个餐厅没有一个人着这个颜色的服装，她就显出特别的光彩，悲怆而明亮。

那天和时牧言的谈话令我非常钦佩和感动。同为女人，我可以感受到她的痛楚和坚忍，她的大度和勇气。我知道在这艰难的时刻，她竭尽全力，要协助自己的爱人完成生命中最后的飞跃。

我们就第二天下午所要进行的采访反复讨论，确定哪些话题深入讨论，哪些点到为止。我们还讨论了很多细节，比如提前在何时应用止痛剂，以便在药物疗效的峰值时进行采访，这样陆幼青感受到的痛苦较小。

将近尾声的时候，马东问道：“陆先生可有什么禁忌吗？”

“没有。你们什么都可以问。”时牧言坦然答道。

我说：“在我们的衣服穿着颜色方面，你家有什么讲究吗？”

时牧言迟疑了一下，还是很直率地说道：“绿色。我们家喜欢绿色。那是生命的颜色。你们明天到我家去就可以看到，到处是我种的花草，紫红的喇叭花非常鲜艳美丽。黄色也好，黑色和白色最好不用。”

我们用力地点点头。

回饭店的路上，马东说：“我平常最喜欢穿黑色的衣服，此次到上海来，带的也是黑衣服。明天一大早，我到商店去买新衣服。”

我这时又在心里埋怨自己那件粉色的衣服太淡了，在强光照耀之下，恐近乎白色，忙说：“我也去吧。”

第二天，我和马东直奔商店。进了店门。在标志牌下站住，马东说：“男装在三楼，女装在四楼，咱们分头去买衣服，半小时以后，咱们还在这里会合。”

匆匆上楼。买过无数次衣服，都不似此次单刀直入。不在意款式质地，只求颜色。看到绿色的，特别是那种生机勃勃的绿，简直就是扑上去，忙不迭地说，小姐：“请拿一件我能穿的……”

也许因为上海人多娇小玲珑，连连看中的衣服，都没有我能穿的型号。只得退其次，去买T恤衫。想这种衣服，弹性较大，也许能找到色彩和尺码都相宜的。改变战术之后，很快就见了效。我在一家专卖店里，找到了基本符合要求的衣服。只是那绿色不很纯粹，近乎青柏色，翠中有一份苍老，实为美中不足。我相中了一款黄色T恤衫，黄得振作而昂扬，仿佛葵花瓣揉出汁液染成的，欣欣向荣。想来想去，我买下这件黄色衣服，又对小姐说，也许我会来换，先和你打个招呼。小姐态度很好，说：“没关系的，只要不弄脏，你随时可来换的。”

果不其然，在会合处，马东亮宝似的拿出的衣服正是明亮的嫩黄色。他说：“我从来没穿过这种颜色的衣服，好像是一把太阳伞。您买的是什么颜色呢？”我对他说：“对不起，你还得等我一会儿。”

我赶忙跑回刚才的柜台，对小姐说：“不好意思啊，还要麻烦你。我要换成刚才的那件绿色。”小姐说：“为什么不喜欢这件了呢？我看还是黄色的比较配你的脸色的。”我说：“因为我有一个同伴，他已经买了黄色，我要和他配合，所以要调换。”

换了绿T恤衫，我和马东回到住处。当我把自己买的衣服拿给大家看的时候，没想到他们说："唔，这个不好。毕老师，我们看就穿你下飞机时那件米黄色条纹的衣服好了，很亲切。"

我就听从了年轻人的建议。

那一天的采访，很成功。不单是制作了一档精彩的节目，我也从陆幼青身上学到了很多的东西。

苍凉的生命

面对荒凉的山口，孤独的废墟和沙暴盘旋出的昏暗，她第一次懂得了什么叫做博大和苍老，懂得了一个古老的民族被消失的辉煌和重新崛长的祈望。

群山在壮丽的阳光和湛蓝的天幕下沸腾，每一块岩石和每一朵冰雪，都固执地保持着它们凝固时的模样。极端的严寒，极端的缺氧，极端强烈的紫外线，极端艰苦的跋涉……她的眼泪在某一处悬崖上，凝成了椭圆形的冰粒，至今还悬挂在海拔六千米的峭壁上……然而，苍穹和高原，是她终生眷恋的诲人不倦的尊者，它们哺给她短暂的生命和宇宙的无涯。

当一个十七岁的少女，几乎在一无所知的情况下，告别了北京——这个当时中国内地最先进和繁荣的城市，跋涉万里，到达了青藏高原最边塞和最险恶的山峦之中，她所感到的恐惧和震惊，她所经历的心理跌宕和起伏，即使在三十年之后的今天，每于暗夜中想起，也常常不寒而栗。

十一年后，她从西藏回来了。回到她自幼生活的城市，回到她的亲人和朋友中间。她觉得自己有一种分裂之感，有时会在安逸温暖的家中，突然不知自己身在何方。在那一瞬，她灵魂出窍，思绪如烟飘到九霄云外。

她的神魄又回到雪山上去了。在那个特定的时期，在那个遥远的高耸的地方，发生了一些事情。它们被呼啸的风雪掩埋，成为冰的木乃伊。如果没有人提起，注定永远无人知道。这个当年的女生，现在已经不年轻的女人，经历了这些事情。它们在她的血液中游走着，带着尖锐的冰凌，拒绝融化。她的脑子也因为缺氧，发生了一些不妙的变化。那些记忆绞缠在一起，编成了一条鞭子，在催促着她，做些什么。

于是，她开始尝试着写作。她是一名医生，给人开药方是很内行的，甚至可以说是个受人尊敬的好医生，可是，写作完全是门外汉。好在她还算勇敢，心想，常用汉字就那么几千个，我都会写（当然，有时也有错别字，但大的意思还是有把握的）。只要能把所思所想所感所悟写出来，对得起那段岁月，即可。

她就在一个平平常常的傍晚开始了写作。她写得很快，因为都是自己熟悉的事和人。他们在她的文字中说笑行走，哭泣和攀登。她所要做的事，就是把他们大体地记录下来。所以，她觉得写作的过程不像有人说的那样苦，倒像是被一根魔棒击中，时光倒转一下子回到了从前……她要感谢写作这根魔棒才对。当她把生平第一部中篇小说写完，她很高兴，觉得把一笔对于雪山的债还了。

小说没有名字。她想，故事是发生在昆仑山的，所以，在名字里一定要有“昆仑”两个字。这个方针一定下来，她就发觉自己面临一个大难题。因为“昆仑”这两个字是很重的，它们出现在题目里，就像两个巨无霸，谁能和它们匹配着，肩并肩地屹立在小说的第一行呢？好像有一架巨大的天平，她不由分说地把“昆仑”两个砝码，压在了天平的这一边。在那一边，要有怎样沉重的字，才能镇住天平的均衡？她无奈地想到了，要不，以多胜少吧，用三个甚至四个五个字，来抵住“昆仑”的雄风吧。

想了半天，没结果。她有点发愁。她有个习惯，一到了想不出办法的时候，就睡觉。她会在睡觉之前，把那个难题在脑海里重复一遍，好像脑海岸有一片沙滩，海浪扫过之后，洁净平滑舒缓阔大的样子。她把“昆仑”两个字刻在脑海的沙滩之上，就安稳地睡去了。

那一夜，她睡得很好。当她醒来的时候，她就真的有了一个题目。那个题目是在梦中出现的，只不过它不是镌写在海滩上，而是呈现在一块石板上。好像乡下的孩子读书时用的那种青石板，用乳白色的石笔写下了——“昆仑殇”三个大字（现实中，她从来也没有用过那样的青石板，真奇怪）。

她有点不解。因为“殇”是个冷僻字，在她当医生的生涯里，不曾用过这个字。印象中，这个字，孤独地弥漫在两千年前楚国悲壮的挽歌中……

不过，她确知，这个字组成的篇名，在这一瞬击中了她，它是这篇小说天造地设的标题。她很高兴，她的潜意识像一头勤恳的牛，黑夜中，无声地帮她犁开了一片板结的土地。

聪明的朋友们，看到这里，你们一定知道了，文中的这个“她”就是我了。我就是这样写出了生平的第一篇小说，也就是处女作。

这些年来，每当有人问到我最喜欢的小说最满意的小说是什么？我都说，我还没有最喜欢的小说，因为我还不曾写出。我也还没有最满意的小说，也因为不曾写出。这样讲，有点俗气，但我真是这样想的，我就要这样说。我不能因为害怕人家说我俗气，就编一个瞎话。在说谎和俗气之间，我是宁要俗气的诚实的。同时，我每次都很自觉地告诉访问我的人，我说，我可以报告给你——我印象最深刻的小说，那就是《昆仑殇》。

有很多东西，不是因为它的价值高或是身世奇特我们才珍视它，是因为它其中蕴含了我们太多的心意和太久的眷恋。《昆仑殇》就是一部这样的作品。当我写作它的时候，我毫无功利之心，完全是因为血液里的那些冰凌作怪，才匆匆动笔。如果说，在那以后的岁月中，我有时会以一个职业作家的习惯来从事写作，我可以坦诚地说，在《昆仑殇》中，我唯有一颗拳拳的赤子之心。

《昆仑殇》发表之后，获得了很大的反响。至今，我尚不能完全明白这是为什么。也许，那里太遥远了，那里发生的故事太悲壮了。也许，小说中描写了一种人类生存的极限和一种在极限中的挑战与人性的苦难奋斗，渗入到了人们心中柔软的死穴。

这不是我的能力，这是那座雄伟的高山，假我的手，传递了一点它的神髓。

我要感谢苍凉的西部。因为有了这样的经历，我的一生在某种意义上，变得不同寻常。

年龄的颜色

如果在词语上涂抹颜色，把红色比作褒奖，把黑色比作贬斥，婴儿的诞生就是一枚艳丽的圣女果铿锵落下，年龄调色盘就此开始旋转。

幼儿无疑是樱红色的，皮肤水嫩吹弹得破，胎毛柔软双眸晶亮，对成年人的依偎更使长辈人在辛苦的同时，感到被信任的幸福和施与哺育的责任。

当一个幼儿长成少年，他们开始反叛和桀骜不驯，但眼光依然秋水般明澈，恣肆汪洋之下依然是可爱的探索和希冀。

如果说到青年人的颜色，我想是金红色的吧？不仅仅是红，而且有了逼人的光芒和灼热的火焰，有炫目和烘烤之感。

对于中年人……注意，当我们说到这个词的时候，会不由自主地把音速放缓，深深地吸进一口气。我们会感到平稳和力量，会感到深厚的功力和外柔内刚的主动。用颜色作比方，此时的他们是沉静而内敛的枣红色，有了一点点不易察觉的黑色潜藏其中，恰到好处，让红有了华丽的平台和根脉的贲张。

随着年龄的增长，调色盘中的红色悄悄地隐没，黑色如荒草蔓延滋生。他们颊上的光润，无可挽回地凋落了，血脉开始干涸。雪白的牙齿无论怎样保护，已出现松动和脱失。漆黑的须发无论怎样濡养，却也躲不过秋霜的点染。矫健的双腿注入了滞涩的尘锈，锐利的双眸需要借助镜片的帮忙才能看清书本……他们无可逆转地进入了老年，沉暗的黑幕跳着优雅的华尔兹，温和地不动声色地蚕食着红色的舞台，旋转着将你带到遥远的天际，那里有星星点点的光芒、如银的残月和无边的静夜……

这不是一个悲观的预测，而是一个透明的事实。如果让我更赤裸裸地说出真实，那就是这个规律对于女人来讲，更坚定和不容商榷。如晦的黑色会更早地出现，娇嫩的红色会更快地淡隐。什么美容整容化妆术，都遮盖不了本质的嬗变。当绯红退潮酱黑涌入的时候，有一个专用名词，这就是“更年期”。我觉得这个名词起得挺妙——变更年龄的时期。追本溯源，什么年龄变更了呢？是一个女人从生殖的年龄变到丧失了这种功能的年龄。

这在远古，一定是一个令女子非常害怕的改变。对于种族和家系的繁衍，她已归零。生产力低下的时代，繁殖的本能，是女性赖以生存的极为重要的资源。更不消说，由于激素的变化，她的身体内部出现了一系列陌生的信号，令她震惊和不适。她有可能暴躁和哭泣，会面部潮红情绪波动，会丧失部分劳动能力甚至难以与人和谐相处……凡此种种，现代科学将之冷静地归纳在一起，打了一个大大的文件包，名曰“更年期综合征”。

更年期综合征是一组症状，在已知的疾病里面，它既不是最难治的，也不是最严重的。不像“非典”或“禽流感”，它不传染。所有不曾早夭的女人差不多都会被它淋湿一遭。在某种程度上说，症状如不剧烈，它几乎不能算是一种病，只能说是一个生理阶段，有一种广义上的必然。据现代科学研究，男性也会有“更年期”，体内的激素也会衰减，也同样难逃生殖机能从衰减趋向沉默的恢恢法网。

有趣的是，你可以观察，大多数人，尤其是年轻人，在谈起“更年期”的时候，嘴都会不由自主地撇一下，以表达不屑和厌恶。或者说，当他们具体针对某个人的时候，由于关系的紧密和礼节的顾忌，这种情感还比较收敛的话，当这个名称抽象起来，成为单纯的标签时，这种轻漠和鄙弃将表达得十分充分和无所顾忌。

年龄上的傲慢，是进化中的化石。现代科技与文明，已经大大地延续了人类的年龄，但那些来自远古的律令，依然盘踞在我们意识的岩缝里。

在动物世界，过了盛年的个体，就滑到了边缘和死亡，某些物种，完成繁殖之后，几乎立刻结束了生命，把尸身盛在盘子里变作后代的佳肴。人是一个例外，这个例外由于科技的助力，变得更加突出了。但我们在意识层面之下对于古老法则的延展，还是根深蒂固的。

有人说，提出了问题就等于解决了一半。在年龄歧视这方面，我可不乐观。提出问题不是解决了一半，仅仅是觉察而已。

深绿是浅绿的弟弟

夏天是北欧的黄金季节，气候温和艳阳高照。对游人来说，却并不那么舒服。无所不在的白昼，把人的生物钟完全打乱了。明晃晃的太阳，一天20小时照耀着你，让人寝食不安。夜里11点了，天空还没有一丝暮色，好不容易熬到了午夜1点，窗外渐渐晦暗，可没等你入睡，凌晨2点钟天又大亮了。极昼的景致已让人坐卧不宁，试想一下到了年根前的极夜时分，一天20小时的漫漫昏黑，岂不苦煞人也！更不消说，挪威有五分之二以上的领土在北极圈内，山地、高原和冰川占了绝大部分，可耕地只有3%，简直可算条件恶劣。

然而就是这个挪威，年年都入选世界上最适宜居住的国家，今年更是一举夺得了此项评比的第一名。我就有些纳闷，和一位朋友谈起心中的不平，那朋友轻轻说了一句振聋发聩的话——挪威的适宜居住，都是因为有树啊！

在挪威旅行，简直就是在绿色的漩涡里打滚。到处都是森林，空气中充满了草木的清香。几天之后，我问："同去的朋友，你看看我的白眼球黑眼珠，还是原来的颜色吗？"朋友吃惊地端详了我一阵说："你好像并没有得红眼病，还是黑白分明的双眼。"我说："我不是那个意思，是说在挪威走来走去，整天看到的都是绿色，眼珠恐怕也染得像翡翠了。"

据最新统计，挪威的森林覆盖率达到了国土总面积的75%。因为有了树木，挪威就有了清洁的空气和丰富的资源，因为有了树木，挪威人就单纯快乐也步伐勇敢。树木在养育了人类之后，又教给人和大自然和睦相处共同繁荣，挪威于是成了世界上最富有的国家之一。

想起一句话："深绿是浅绿的弟弟。"它的作者是一位挪威诗人，写了很多脍炙人口的著名诗篇，但我最喜欢的就是这句——深绿是浅绿的弟弟。它会引起你很多美妙的想象，比如，深绿长大了，是不是也要向哥哥看齐，变成浅绿呢？深绿和浅绿的妈妈是谁？它们有没有姐妹？会不会姐姐是嫣红而妹妹是姹紫呢？

毋庸讳言，我们的国家还不够绿。不要说深绿浅绿，连均匀的淡绿也谈不到，适宜居住对我们来说尚是一个梦。好在绿色的母亲我们已经有了，那就是我们的手和我们的心。只要有了母亲，她的子女就会渐渐繁衍昌盛起来，这必定无疑。

世上有一种伪坦率，最需提防。

他把许多恶毒的计策，摊到桌面上来。他把你对他的疑点抢先说破，使你自觉心地龌龊，对他不起。他把事件的最坏可能一一预告，反倒让你觉得万无一失……

人们常常有一种善良的错觉，以为只有隐瞒才是欺骗。殊不知最高明的骗术，正是在光天化日之下进行。

伪坦率是一种更高水准的虚伪，它利用的是一种人们对坦率的信任。

坦率其实不说明更多的问题，它只是把双方的意见公开出来，本身并不等同真诚。

人生有无数的岔道，在分歧的路口，多半摆着诱惑。我们常常被物质的光怪陆离耀花了眼睛。

需要在漆黑的静夜想一想，想想我们与生俱来的理想，想想我们将要迈步的台阶，距我们最终的目标是近还是远?

眼睛当然是有用的。但有时闭上眼睛的时候，我们才能更好地倾听心灵的回答。

不负责任的表扬往往比批评还令人难堪。

因为他并没有注意到你的真正长处，仅仅是借此显示个人的风度。当他对你最有好感的时候，都这样疏忽大意，可见你在他心中的位置。

不实的批评，你还有权愤恨；对于不实的表扬，你只有悲哀。

我对赞同我的人，感悟的是他的善意。

我对反对我的人，考察的是他的智慧。

如果在赞同者那里看到的是逢迎，在反对者那里感觉的是愚昧，那么这两种人的意见我都不屑再听。任凭人们议论我的孤僻和不逊，自己并不在意。

懒散在通常的情形下，是不可取的。但懒散的状态有时会使我们浮想联翩，这时的懒散就不是无所用心的思想游缰，而是孕育新状态的热身运动。

有些人无时无刻不在显示他们的重要。高声说话，目光威严地扫射，很喧哗的笑声，不合时宜的服装和故意迟到，甚至不断地在报刊上制造耸人听闻的噱头……

我总在这些做作的举动之中，发现一种属于恫吓的虚弱和勉力为之的疲倦。

生命是为自己而存在的。它是一种朴素而自然的事情，不是在众人之前的杂耍。

拒绝是没有错的，错误的是我们在拒绝前做出的判断。

我们不要害怕拒绝，我们只需更周密地决断。

比起赞同来，我更欣赏拒绝。

拒绝是一种删繁就简，拒绝是一种举重若轻。拒绝是一种大智若愚，拒绝是一种水落石出。

当利益像万花筒一般使你眼花缭乱之时，你会在混沌之中模糊了视线。尝试一下拒绝吧……

拒绝犹如断臂，带有旧情不再的痛楚。

拒绝犹如狂飙突进，孕育天马横空的独行。

拒绝有时是一首挽歌，回荡袅袅的哀伤。

拒绝更多是破釜沉舟的勇气，直面淋漓鲜血的惨淡人生。

在北京的名人故居有鲁迅、郭沫若、老舍、宋庆龄……

一位经商的朋友愤愤地说，为什么没有大商人的故居呢？

我想，除了从商这一行的规则难以令所有的人心悦诚服以外，人们对在他们的故居可看到什么，大概表示乏味。也许可以看到文化，但何必看支流呢？既然源头存在。

所有的商品和文字相比，都是速朽的。

对于现世，人们注重物质。

对于久远，人们更注重精神。

一个人最少需要一种非功利的爱好。

比如爱钓鱼，并不是为了解馋。

爱书法，并不是为了卖钱。

爱跑步，并不是要创世界纪录。

爱跳舞，并不是为了上台表演……

它不仅仅是富裕的精力有所附丽，主要是精神有了种舒展自如的安置与发挥，感受到人生的美好真谛。

一个人的魅力，往往在他退休后看得更清楚。

属于职务的光环被岁月褪去，属于个人的精神光芒焕发出来。这个过程对有的人是苦闷，对有的人是新生。

我渴望衰老，因为生命的苦难。

我知道我生存一天，就要不懈地努力一天。取消所有责任的正当途径只有一条，这就是死亡。

衰老靠近死亡，所以我无所畏惧。

钻石是我们这个星球上最坚硬的物质。那么钻石是靠什么物质来切割打磨它的呢?

答案——靠另一颗钻石。

钻石自己敲打自己，是为了更完美。

人类也需要他人不断地敲打。

期望能给人勇气也易引起沮丧，关键在于期望的“值”。期望既不应太少也不能太多，但适中的量很难掌握。

两相比较，若是对自己，我以为还是期望得多一些为好，失败了虽易颓唐，但有时也会激起意料不到的勇气。若是对他人，期望值还是少一些为好，比较少失望和伤害。

“怕”好像历来是个贬义词。怕什么?别怕!天不要怕，地不要怕……好像不怕才是人生的大境界。

其实人的一生总要怕点什么，这就是中国古代说的“相克”。金木水火土，都有所怕的东西。要是不相克，也就没有了相生，宇宙不就乱了套?

惊奇是一种天然，而不是制造出来的。它是真情实感的火花。一块滚圆的鹅卵石，便不再会惊讶江河的波涛。惊奇蕴涵着奋进的活力。

世界上有些事情，记住，永不要说。

你不说，就没有任何人知道。

你不知道我不知道，我们永远都不需要知道。不要把错误想得那么分明。不要去讨论那个过程，把它像标本一样在记忆中固定。有些事情不值得总结，忘记它的最好方法就是绝不回头。也许那事情很严重，但最大的改正是永不重复。

对于别人的拒绝，我们有的时候过分看重“理由”这个东西。其实理由并不重要，重要的是它所传递的那个真实而不易表达的目的。

如果我们摔倒了，却不知道是哪一块石头绊倒了我们，这难道不是比摔倒更为懊丧的事情吗?

忠厚是无用的别名。无用却不是忠厚的别名，同它意思近似的有——懒惰、低能、弱智以及弄巧成拙等等。所以忠厚还可训练，无用却几乎是废物了。

人须怕法，那是众人行事的准则。人还须怕天，那是自然界运行的规律。怕是一个大的框架，在这个范畴里，我们可以自由活动。假如突破了它的边缘，就成了无法无天之徒，那是人类的废品。

了解一个人最大的缺点比了解一个人最大的优点更重要。因为忍耐比欣赏要艰难得多。

谣言也有一个大用处，当它飞扬的时候，警告某种灾难正在酝酿。

刚富的穷人和刚穷的富人，都比较触目惊心。前者是要做出富过一百年的样子，后者是要做出还将富一百年的样子。

人如果被人利用，一般认为是大不幸。但世上的物要是不能被人利用，这物就是废物，是要被抛弃的。人比物高等，更应该有利用的价值。

自己可以利用自己，别人就不能利用你，是否是一种自私？

不是能否被利用的问题，而是对方利用你的时候，你是否得到了应有的回报。这是不是带有浓烈的功利色彩？

所以被人利用还不是人生的大不幸。人要是完全无法被人利用，才是最悲哀的。

凡声称自己很少被欺骗的人，也很少相信别人。

信任有时简直就是被欺骗的别名。

有没有两全其美的办法呢？只有一条，那就是智慧加上训练有素的直觉。

寡闻不一定必是坏事。现代社会信息爆炸，许多时髦的东西还是充耳不闻的好。付出的代价是被人讥笑为落伍，收获的果实是心境的清明。

当那些最勇敢最智慧的人，攀到前所未有的高度时，迎接他们的是严寒与荒凉。

面对纷繁的星空和遥远的黑洞，你踏出高贵而孤独的脚步。

你极有可能走错，湮灭如灰尘。

传送带是不保留探索者的脚印的，它淡然地看着一位位先驱者扑倒，只为成功者留下位置。

宇宙用死亡限制人们的步伐。人类的每一个婴儿降生，都是历史的一次重新开始。智者离开时，卷走了他们没有诉诸文字的所有发现。

历史不记录回声。人的生命是长度固定的锁链，为了对抗死亡，为了在重复学习之余留出创造的空间，只有在每一个生命之环上负载更多的希冀与沉重，人类日益变得匆忙与紧张。

我知道了什么叫做崇高。它其实是一种发源于恐惧的感情，是一种战胜了恐惧之后的豪迈。

我会在没有人的暗夜，深深检讨自己的缺憾。但我不愿在众目睽睽之下，把自己像次品一般展览。

不要以为普通的小人物就没有尊严。不要以为女人的尊严感天生就薄弱于男人或人类的平均值。不要以为曾经失去过尊严的人就一定不再珍惜尊严。

崇高的侧面可以是平凡，但绝不是卑微。

智慧是划分区域的。从商的智慧是金色，从政的智慧是血色，爱情的智慧是无色，仇恨的智慧是黑色。没有谁的智慧是万能的，所以人们在一些领域绝顶聪明，在另一些领域混沌不堪。

生命的借记卡

我有一个西式钱包，钱包里有很多小格子，这些格子的用途是装载各式各样的卡，我没让它们闲着，装得满满当当。我有附近多家超市的亲情卡，虽然我每次购物之后都毕恭毕敬地出示该店的卡，但一年下来累计的分数，总也到不了可以领取优惠券的地步（因为我购物不够专一，总是在各个不同的店家游荡），于是在某一个商家规定的日子里被残忍地“归零”，一切又要重新开始。

我还有电话卡，到外地出差的时候，虽然接待方会很热情地说，房间的长途已经开通，您只管用，我还是为饭店附加在电话上的费用斤斤计较，出于为邀请方省些银两的考虑，自己到酒店大堂去打公用电话。每打一次，都有一种小小的成就感。我还有几家馆子的优惠卡，有一次拿出来结账，服务员小姐看了半天，说不认识这卡，从来没见客人使过。我说，你来这家店多久了呢？她说，一年了。我说，这卡是你们店开张的时候给的，说是永久有效呢。小姐就拿了卡去问元老，笑吟吟地回来说，你说得不错，只是连她们也没见过这种卡，一直找到老板才说确有这么回事。

啰唆了这半天，还没说到正题上。我的正题是什么呢？就是我虽然有多张看起来也是硬邦邦闪烁烁的卡，但其实那种可以透支可以境外使用的货真价实的银行卡，一张也没有。先生说过很多次了，说这是时尚，你在高档场所结账的时候，如果掏出一大把皱皱巴巴的现金，是要遭人耻笑的。我说，你也不是不知道，我平日最频繁的交易场所就是农贸市场，别说那里没有刷卡的设备，即便有了，买上一个西瓜刷一次卡，买三条黄瓜半斤草莓再刷两次卡，你觉得如何呢？

家人就嘲讽我近乎一个纯粹的农妇，不能在金融方面与时俱进。好在这羞惭近日得到了雪洗的机会。单位为了发放工资方便，为大家统一办理了银行借记卡。

我拿到借记卡，反复端详并仔细地阅读了有关条文，突然思绪就飞到了很远的地方。

喜欢这个“借”字。我们的一切都是借来的，总归有要还的那一天。《红楼梦》里的公子贾宝玉出生的时候，嘴里是衔了一块玉的。我们每个人出生的时候，并非是两手空空，而是捏了一张生命的借记卡。

阳世通行的银行卡分有钻石卡白金卡等细则，生命的卡则一律平等，并不因了出身的高下和财富的多寡，就对持卡人厚此薄彼。

这张卡是风做的，是空气做的，透明、无形，却又无时无刻不在拂动着我们的羽毛。

在你的亲人还没有为你写下名字的时候，这张卡就已经毫不迟延地启动了业务。卡上存进了我们生命的总长度，它被分解成一分钟一分钟的时间，树木倾斜的阴影就是它轻轻的脚印了。

密码虽然在你的手里，储藏在生命借记卡的这个数字，你虽是主人，却无从知道。这是一个永恒的秘密，不到借记卡归零的时候，你在混沌中。也许，它很短暂呢，幸好我不知你不知，我们才能无忧无虑地生活着，懵然向前，支出着我们的时间，而在某一个早上那卡突然就不翼而飞，生命戛然停歇。

很多银行卡是可以透支的，甚至把透支当成一种福祉和诱饵，引领着我们超前消费，然而也温柔地收取了不菲的利息。而生命银行冷峻而傲慢，它可不搞这些花样，制度森严铁面无私。你存在账面上的数字，只会一天天一刻刻地义无反顾地减少，绝不会增多。也许将来随着医学的进步，能把两张卡拼成一张卡，现阶段绝无可能。以后也要看生命银行的脸色，如果它太觉尊严被冒犯和亵渎，只怕也难以操作。咱们今天就不再讨论。

也许有人会说，现在发布的生命预期表，人的寿命已经到了七八十岁的高龄，想起来，很是令人神往呢。如果把这些年头折算成分分秒秒，一年365天，一天24小时，一小时3600秒……按照我们能活80年计算，卡上的时间共计是2522880000秒（没找到计算器，老眼昏花地用笔算，反复演算了几遍，应该是准确的。）

真是一个天文数字，一下子呼吸也畅快起来，腰杆子也挺起来，每个人出生的时候，都是时间的大富翁。不过，且慢。既然算账，就要考虑周全。借记卡有一个名为“缴费通”的业务，可以代缴代扣。比如手机话费、小灵通话费、宽带上网费、水电费、图文电视费……呵呵，弹指间，你的必要消费就统统交付了。

生命也是有必要消费的。就在我们这一呼一吸之间，卡上的数字就要减掉若干秒了。我们有很多必不可少的支出，你必须要优先保证。首先，令人感到晦气的是——我们要把借记卡上大约三分之一的数额，支付给床板。床板是个哑巴，从来不会对你大叫大喊，可它索要最急，日日不息。你当然可以欠着床板的账，它假装敦厚，不动声色。一年两年甚至十年八年，它不威逼你，是个温柔的“黄世仁”。它的阴险在长久的沉默之后渐渐显露，它不动声色地无声无息地报复你，让你面色干枯发摇齿动，烦躁不安歇斯底里……它会让你乖乖地把欠着它的钱加倍偿还，如果它不满意，还会把还账的你拒之门外。倘若你欠它的太多了，一怒之下，也许它会彻底撕毁了你的借记卡，纷纷扬扬飘失一地，让“杨白劳”就此永远躺下。所以，两害相权取其轻吧，从长远计，你切不可以慢待了床板这个索债鬼，不管它多么笑容可掬，你每天都要按时还它时间。

你还要用大约三分之一的时间来吃饭、排泄、运动、交通、打电话，接吻、示爱和做爱，到远方去旅游，听朋友讲过去的事情，当然也包括发脾气和生气，和上司吵架还有哭泣……当然你也可以将这些压缩到更少的时间，但你如果在这些方面太吝啬支出，你就变成了一架冰冷的机器，而不再是活生生的人。为了让我们的生命丰富多彩，这些支出你无法逃避。

当太老的时候，或者你太小的时候，你有一些时间将不知道自己干了什么。当然，如果有另外的人清楚地记录着你的支出，我想那些时间应该被称为“成长”和“休养生息”。这是一些时间的黑洞，你却必不可少。就像你原来有一笔积蓄，你觉得自己很是俭省，从未乱花过一分钱，但那些钱财还是在不知不觉中流淌，让你囊中渐空。你幼小的时候不能工作和学习，这不是你的过错，只是你的过程。你年老的时候不能创造和奋斗，这也不是你的过错，而是你的必然。为了盛极时的响彻云天，蝉虫必须在泥土中蛰伏蜕变15年，和它相比，人类还算早熟。人类的进步带来了人类的长寿，那多积攒出来的时间，基本上都是晚年。所以，你不能埋怨。你的生命借记卡上的时间的价值并不等值，对此你只有一笑了之。

借记卡有一个功能，就是代缴各种费用。你的生命刨去了这样多的必需支出，你还剩下多少黄金时段？

如果我们能够知道自己生命中能够有效利用的时间到底有多少，我相信一半以上的人都会活得更加精彩。因为借记卡的数字隐藏在无边的黑暗中，这就更需要我们在黑暗中坚定地摸索着前进。

你的密码只有你自己知道。不要把密码告诉陌生人，不要让他人主宰了你的生活。如果你的密码被泄露，不要伤心，不要自暴自弃。密码是可以修改的，你可以重新夺回你对自己生命的控制权。这张借记卡，只要你自己不拱手相让，就没有任何人能把它从你手中夺走。

不要用你手中的卡，去做纯粹为了虚荣和炫耀的消费。因为那都是过眼烟云，你付出的是生命，收获的是荒凉。

不要用你手中的卡，去买你不喜欢的东西。生命是我们能够享有的唯一，它的光彩和价值就在于它独树一帜的意义。找寻你生命的脐带，它维系着你的历史和光荣，这是你的责任和勇敢所在。如果你逃避或是挥霍，你就彻头彻尾地对不起了一个人，让那个人在无望中泪水流淌。这个人不是你的爸爸妈妈，虽然他们也可能为此伤感，但在他们逝去之后，你依然可以看到新鲜的泪珠在闪耀。这个人也不是你的师长，虽然他们可能会因此失望，但他们还有更多的学生可以期待。要知道你最对不起的人就是你自己，你委屈了千载难逢的表达。

唯有我们不知道生命的长短，生命才更凸显。也许，运动可以在我们的卡里增添一些跳动的数字？也许大病一场将剧烈地减少我们的存款？不知道。那么，在不知道自己有多少银两的时候，精打细算就不但是本能更是澄澈的智慧了。在不知道自己所要购买的愿景和器物，有着怎样的高远和昂贵，就一掷千金毅然付出，那才是真的猛士视金钱如粪土。

这张卡是朴素的，也是昂贵的。你可以在卡上镶上钻石，那就是你的眼泪和汗珠了。没有白金也没有黄金，如果一定要找到类似的东西，美化我们的借记卡，那只有骨骼的硬度和血液的温度了。

你的借记卡就是你的藏獒。当我们最后驾鹤西行的时候，能带走的唯一物品，是我们空空如也的借记卡。当那个时候，我们回首查询借记卡上一项项的支出，能够莞尔一笑，觉得每一笔支出都事出有因不得不花，并将这笑容实实在在地保持到虚无缥缈间，也就是灵魂的勋章了。

其实，当你吐出最后的呼吸之时，你的借记卡就铿锵粉碎了。但是，且慢，也许在那之后，有人愿意收藏你的借记卡，犹如收藏一枚古钱。

关于生命与命运的遐想

甲为乙办事，乙就付给甲报酬，价钱彼此可以谈得很清楚。

甲为乙丙俩人办事，乙丙就付报酬给甲，也是很清楚的事。但每个人只需付二分之一，也很明白。

甲若是为百个人办事，无论每个人得的收益如何，大家只觉得付给甲百分之一是正当的，否则就是甲多吃多占了。

假如甲为一千个人、十万个人服务呢？假如他服务的人群数字再无限地增大下去呢？按照数学的规律，这个无穷大的分之一，结果就是零。

也就是说，受惠的人群可以心安理得地享受甲的劳动成果，却不必为此支付报酬，甚至连感谢都不必说一声。

这就是为什么传说中的英雄丹柯掏出自己的心，燃烧起来为众人引路。危险过去后，人们会把他跌落地上仍在发光的心踩灭。

这不是众人的无情，是铁的规律。

文学在某种意义上，就是这种为无穷大的民众服务的事业。

所以它的清贫与无功利性，几乎是命中注定的。

矢志于这一行的人，不必愤而不平，只问自己是否愿意承受。

人的生命是一根链条，永远有比你年轻的孩子和比你年迈的老人。我们每个人都有自己的位置，它是一宗谁也掠夺不去的财宝。不要计较何时年轻，何时年老。只要我们生存一天，青春的财富，就闪闪发光。能够遮蔽它的光芒的暗夜只有一种，那就是你自以为已经衰老。

人类的表情肌，除了表达笑容，还用以表达愤怒、悲哀、思索、惆怅以至绝望。它就像天空中的七色彩虹，相辅相成。所有的表情都是完整的人生所必需的，是生命的元素。

痛苦有两种存在形式——包裹着和开放着。

就我个人来讲，我比较喜欢开放的痛苦。它就像会褪色的毛衣一样，在阳光下渐渐失去新鲜的色彩。

有些人不敢敞开自己的痛苦，是因为惧怕打开痛苦那一瞬刺入肺腑的疼痛。但包裹着的痛苦会像癌症一般生长，蔓延，吞噬我们的心灵。

我们只要把最猛烈的痛苦坚挺过去，就会发现可以比较从容地收拾痛苦的残骸了。

每个人的血液中都有与众不同的液体，可惜我们往往意识不到。如果有一种可以测量出我们特殊才能的仪器，我们就会发现有多少人荒废了他们的才能，终生在从事和他们天性相悖的职业。

每个人都在寻找，从幼年就开始找。找准了自己位置的人，是极少数的幸运者。

许多人在暗中摸索了一生，终究在迷茫中告别。如果我们找到了自己爱好的事业，万万不要放松。它会使我们不再计较得失，最大限度地感到自己存在的价值。

生理是心理的镜子。

每个人都是他自己的朋友和杀手。许多人的疾病其实是自身心理攻击生理造成的。一个人越是懦弱，他伤害自己的频率越高。

无论爱一个人还是恨一个人，有时都是很残忍的事情。

爱和恨，都有两个层面，一个是精神，一个是肉体。

你嘘寒问暖或是往对方脸上泼硫酸，都是首先作用于肉体，然后传递于心灵。你呵护或是残害他的灵魂，作用要更为深远得多。肉体和精神有时相连，有时隔膜。有的人肉体残缺后精神愈加完整，有的人躯体强健，精神却是破碎的。精神可以支配肉体，肉体却不可能控制精神。

小的危机就像感冒，不但是无法完全避免的，而且可以给人以刺激，调动防御能力，增加免疫功能。

但是注意不要转成肺炎。

每个人都会有伤口。有的人愈合得天衣无缝，有的人留下累累疤痕。

这当然和利物刺进的深浅有关了。但我们经常看到，有的人，在深刻的创伤之后，仍然完整光滑；有的人，在小小不言的刺激下，就面目全非了。

在医学上，后一种人有一个特殊的名称，叫作——疤痕体质。

愿我们每一个人都不是意志上的疤痕体质。

我们可以受伤，我们可以流血。但我们要在最短的时间里，医治好自己的伤口，尽可能整旧如新。

没有快乐，谁也别想留住健康。

眼睛对眼睛，是可以说话的。它们进行无声的交流，在这种通行的世界语里，容不得谎言，用不着翻译。它们比嘴巴更真实地反映着一个人隐秘的内心世界。

我们可以吓唬别人，但不可以吓唬病人。当我们患病的时候，精神是一片深秋的旷野。无论多么轻微的寒风，都会引起萧萧黄叶的凋零。

让我们像呵护水晶一样呵护病人的心灵。

生命的燧石在死亡之锤的击打下，易于迸溅灿烂的火花。死亡使一切结束，它不允许反悔。无论选择正确还是谬误，死亡都强化了它的力量。尤其是死亡的前夕，大奸大恶，大美大善，大彻大悟，大悲大喜，都有极淋漓的宣泄，成为人生最后的定格。

一个人有太多选择的时候，常常径直选了那最容易、最易在短时间内见成效的一条路。一个人只有一种选择的时候，实际上丧失了选择，只是接受命运。所以选择不宜太多也不宜太少，以能充分发挥意志、表达信念为最好。

惊奇，是天性的一种流露。

生命的第一瞬就是惊奇。我们周围的世界，为什么由黑暗变明朗？为什么由水变成了气？温度为什么由温暖变得清凉？外界的声音为何如此响亮？那个不断俯视我们亲吻我们的女人是谁？

……

从此我们在惊奇中成长。

这个世界上，有多少值得惊奇的事情啊。苹果为什么落地，流星为什么下雨，人为什么兵戎相见，史为什么世代更迭……

孩子大睁着纯洁的双眼，面对着未知的世界，不断地惊奇着，探索着，在惊奇中渐渐长大。

惊奇是幼稚的特权，惊奇是一张白纸。

当我沮丧的时候，当我彷徨的时候，当我孤独寂寞悲凉的时候，我曾格外相信命运，相信命运的不公平。

世上可真有命运这种东西？它是物质还是精神？难道我们的一生都早早地被一种符咒规定，谁都无力更改？我们的手难道真是激光唱盘，所有的祸福都像音符微缩其中？

不幸者常常愿意同幸运者相比，抱怨自己的运气。

幸运者常常不愿同不幸者相比，相信自己的努力。

命运中的不速之客永远比有速之客来得多。

所以应付前一种客人，是人生的必修。他既为客，就是你拒绝不了的。所以怨天尤人没有用，平安地尽快把客人送走，才是高明主人。

命运是我怯懦时的盾牌，当我叫嚷命运不公最响的时候，正是我预备逃遁的前奏。命运像一只筐，我把对自己的姑息、原谅以及所有的延宕都一股脑儿地塞进去，然后蒙一块宿命的轻纱。我背着它慢慢地向前走，心中有一份心安理得的坦然。

当我快乐当我幸福当我成功当我优越当我欣喜的时候，当一切美好辉煌的时刻，我要提醒我自己——这是命运的光环笼罩了我。在这个环里，居住着机遇，居住着偶然性，居住着所有帮助过我的人。

假如在这死亡将至的时候，依然刻骨铭心地惦记着一件事，依然期望等待，不依不饶，那这个心愿便集中反映了一个人的个性，甚至是他生命的支点。古人说的死不瞑目，指的就是这种情况。

死亡基本上可以分为两种——有准备的死和没有准备的死。猝死就是没有准备的死（当然在广义上除了极幼小的孩童，我们都或多或少考虑过死亡），有准备的死则是一个缓慢的过程。人们冷静地回忆自己的一生，犹如上溯一条绵长的河流。世俗的纠缠，在死亡的背景之上，它平素所具有的魔力异乎寻常地浅淡了，人便格外公允格外豁达，有置身物外的超然与智慧。

轻裘缓带

有一阵，我对各式各样能让自己放松的法子颇感兴趣。看了不少的书，听了若干的讲座，甚至还向别人传授过放松的技巧，以应对诸如考试时的大脑蓦然空白、马上就要上场讲演却遗忘了最重要的名称等等窘迫的危机。应用的结果是有微效，但无显效。一种治标的法子是，利用身体和心理相辅相成的原理，以规定性的动作让肌肉松弛，期待着达到心境松弛的目的。想法是不错，只是难以百发百中。心理这个东西并不傻，它完全明了你的意图，是一个火眼金睛的上级指挥官。当你还没有开始动作的时候，它就前瞻到了。为什么你的心理会紧张到失措？必有迫它进入这种状态的强大潜在驱力，不针对这个驱力做釜底抽薪的功夫，只是一呼一吸地忙碌着你的肚皮，结果是扬汤止沸，可收一时之功效，却无根除之法力。

要把内心的紧张源探查清楚，那是一个大工程，也许需要专业人士的帮助。有一个针对身心紧张的小法子，就是着装上的轻裘缓带。服装是最贴近我们身体的小环境，如果它宽松舒缓轻柔随意，有助于安抚神经，酿造安然淡定的状态。轻裘缓带——你试着看看这几个字，是不是盯着盯着就有一种略带飘然的松弛感?

现代的服装太让人感觉紧张了。西服简直就是“笔挺”的同义词，如果你穿西服而又不够笔挺的话，意味着不是老土就是落魄。套装也是如此，最适宜的角度是穿着高跟鞋，略向前倾地谦恭地站着，面露职业的微笑。如果是匆匆长路或是伏案苦作，这衣服一定会让你落下膝颈酸痛的暗疾。至于各式各样的行业制服，按照标准一丝不苟地穿戴起来，更是如盔甲一般郑重了。

看看自然界的生物多么优哉：懒散的熊猫和逍遥的金丝猴，滑翔的鹰和遨游的虾，它们都是恬然而自在的。唯有松弛才可达久远，唯有松弛才能更深入地开放潜能。即使是凶猛的虎和狮，当它们不捕食的时候，也是安详和优雅的。

弱小的动物通常是忙碌的，比如蚂蚁，比如蜜蜂，比如老鼠和兔子……但它们绝不会钻进有形有款的外套，憋住自己的手脚，那样它们干起活来一定多了汗水（蚂蚁和蜜蜂出汗吗？一笑），逃跑起来一定少了胜算。越是辛劳，肢体越要随心所欲地动作，才会有更高的把握和更快的节奏。

如今，袒胸露臂的衣服多了，单从妨碍动作的角度，它对肌体是一种解放。但它和轻裘缓带还是有所差异，被暴露的肌肤有可能在他人的注目下紧张，因为暴露的目的常常就是为了得到瞩目和好评。所以，覆盖得很少并不一定就是轻松，也许潜藏的期许更让人不安。所有对外在评价的留意，都是紧张轴心的发源地。

轻裘缓带的衣服是越来越少了。纵使有，也被纳入了“休闲”和“家居”的范畴，似乎是不登大雅之堂的。其实，工作中为何不能轻裘缓带？要知道，轻裘缓带这个词最早出现在《晋书·羊祜传》中，描绘的是羊祜在军营中的衣着。“祜在军，常轻裘缓带，身不被甲。”既然在森严的兵营中都可轻裘缓带，被紧张折磨的现代人，为什么不可徐缓一把呢？

如果你已经修炼到宠辱不惊，那么，穿什么都不重要，它都不会让你紧张。只是对于我这等道行不够之人，穿得宽松些，本身就是对紧张的挑战了。

疲倦

疲倦是现代人越来越常见的一种生存状态，在我们的周围，随便看一眼吧，有多少垂头丧气的儿童，萎靡不振的青年，疲惫已极的中年，落落寡合的老年？……人们广泛而漠然地疲倦了。很多人已见怪不怪，以为疲倦是正常的了。

有一次，我把一条旧呢裤送到街上的洗染店。师傅看了以后，说，我会尽力洗熨的。但是，你的裤子，这一回穿得太久了，恐怕膝盖前面的鼓包是没法熨平了。它疲倦了。

我吃惊地说，裤子——它居然也会疲倦？

师傅说，是啊。不但呢子会疲倦，羊绒衫也会疲倦的，所以，穿过几天之后，你要脱下晾晾它，让毛衫有一个喘气的机会。皮鞋也会疲倦的，你要几双倒换着上脚，这样才可延长皮子的寿命……

我半信半疑，心想，莫不是这老师傅太热爱他所从事的工作了，所以才这般体恤手下无生命的衣料。

又一次，我在一家先进的工厂，看到一种特别的合金，如同谄媚的叛臣，能折弯多少次，韧度不减。我说，真是天下无双了。总工程师摇摇头道，它有一个强大的对手。

我好奇地发问，谁？

总工程师说：就是它自己的疲劳。

我讶然，金属也会疲劳啊？

总工程师说，是啊。这种内伤，除了预防，无药可医。如果不在它的疲劳限度之前让它休息，那么，它会突然断裂，引发灾难。

那一瞬，我知道了疲倦的厉害。铁打钢铸的金属尚且如此，遑论肉胎凡身！

疲倦发生的时候，如同一种会流淌的暗流，在皮肤表面蔓延，使人整个地困顿和蜷缩起来。如果不加以克服和调整，这种黏滞的不适，就会如寒露一般，侵袭到我们身体的底层。到那个悲惨的时候，我们就不再将这种令人不安的情况称为“疲倦”，我们会径直地说——我病了——我垮了。

疲倦首先是从眼睛开始的。在通常需要集中注意力的时刻，我们无奈地垂下睫毛。我们以自己的充满了血液的眼帘，充当了厚重的幕布，隔绝光线和信息无休止地介入。我们就地取材地为自己制造了一场人工的黑暗。

在那些老生常谈的会议上，在那些议而不决的争执中，在那些絮絮叨叨的繁杂中，在那些痛苦焦灼的等待中……五花八门的无聊冲击，让我们的瞳孔首当其冲地磨损了。它无法明亮清晰地观察这个世界，便怯懦地后退了，选择了躲闪和逃避。

疲倦然后蔓延到我们的表情。疲倦的人，通常是无精打采的。在呆滞的目光之下，是苍白或是潮红的面庞。疲倦使血的流速异常地减慢或是加快，失却了内部的平衡与稳定。在应该急速反应的时候，疲倦的人延宕迟疑。在应该稳健沉着的时候，疲倦的人如同受惊的公鸡一般病态亢奋。殊不知这种竭泽而渔的抖擞，更加快了疲倦的发展。

疲倦的人，很难听到别人的声音。因为，声音是一种锐利的刺激。你丧失快速反应的同时，为了遮盖你的乏力，索性封闭了传达的通道。常常听到有人说，对不起，我把某某事忘记了。别人不解，奇怪他记忆力为何如此之差。其实结论可能很简单——他疲倦了。疲倦的时候，我们的耳朵就不由自主地关拢闸门。不要埋怨他们的听觉，猜疑他们的品质，负罪的该是疲倦。

疲倦的人，通常懒言寡语。发表意见，是为了阐发观点，影响他人。此种特别的愉悦，来自为了让世界注意你的存在。你丧失了对外界的关注，也就主动取消了自己的发言权。当你不再聆听的同时，你也不再歌唱。喉舌是听命于大脑的。大脑钝了，大脑枯竭了，大脑空白了，我们必无话可说。

当疲倦在全身泛滥的时候，我们是徒有虚名的人了。我们了无热情，心灰意懒。我们不再关注春天何时萌动，秋天何时飘零。我们迷茫地看着孩子的微笑，不知道他们为何快乐。我们不爱惜自己了，觉察不到自己的珍贵。我们不热爱他人了，因为他人是使我们厌烦的源头。我们麻木困惑，每天的太阳都是旧的。阳光已不再播洒温暖，只是射出逼人的光线。我们得过且过地敷衍着工作，因为它已不是创造性思维的动力。

疲倦是一种淡淡的腐蚀剂，当它无色无臭地积聚着，潜移默化地浸泡着我们的时候，意志的酥软就发生了。

在身体疲倦的背后，是精神率先疲倦了。我们丧失了好奇心，不再如饥似渴地求知，生活纳入灰色的模式。甚至婚姻，也会疲倦。它刻板地重复着，没有新意，没有发展。婚姻的弹性老化了，像一只很久没有充气的球，表皮皲裂，塌陷着，摔到地上，噗噗地发出充满怨恨的声音，却再不会轻盈地跳起，奔跑着向前。

疲倦到了极点的时候，人会完全感觉不到生命和生活的乐趣，所有的感官都在感受苦难，于是它们就保护性地不约而同地封闭了。我们便被闭锁在一个狭小的茧里，呼吸窘迫，四肢蜷曲，渐渐逼近窒息了。

疲倦的可怕，还在于它的传染性。一个人疲倦了，他就变成一炷迷香，在人群中持久地散布着疲倦的细微颗粒。他低落地徘徊着，拖带着整体的步伐。当我们的周围生活着一个疲倦的人，就像有一个饿着肚子的人，无声地要求着我们把自己精神的谷粒，拨一些到他的空碗中。不过，如果我们这样做了之后，才发觉不但没有使他振作起来，自身也莫名其妙地削弱了。

身体的疲倦，转而加剧着精神的苦闷。

变更太频繁了，信息太繁复了，刺激太猛烈了，扰动太浩大了，强度太凶，频率太高……即使是喜悦和财富吧，如果没有清醒的节制，铺天盖地而来，也会使我们在震惊之后深刻地疲倦了。

当疲倦发生的时候，我们怎么办呢?

当无计可施的时候，看看大自然吧。春天的花开得疲倦的时候，它们就悄然地撤离枝头，放弃了美丽，留下了小小的果实。当风疲倦的时候，它就停止了荡涤，让大地恢复平静。当海浪疲倦的时候，洋面就丝绸般地安宁了。当天空疲倦的时候，它就用月亮替换太阳……

人们应对疲倦的办法，没有自然界高明。不信，你看。当道路疲倦的时候，就塞车。当办公室疲倦的时候，就推诿和没有效率。当组织者疲倦的时候，就出现混乱和不公。当社会出现疲倦的时候，就冷漠和麻木……

疲倦对我们的伤害，需要平心静气地休养生息。让目光重新敏锐，让步伐恢复轻捷，让天性生长快乐，让手足温暖有力。耳朵能够捕捉到蜻蜓的呼吸，发梢能够感受到阳光的抚摸，微笑能如鲜橙般耀眼，眼泪能如菩提般仁慈……

疲倦是可以战胜的，法宝就是珍爱我们自己。疲倦是可以化险为夷的，战术就是宁静致远。疲倦考验着我们，折磨着我们。疲倦也锤炼着我们，升华着我们。

生命和死亡如影随形

我为什么要谈论死亡？这使我像猫头鹰一样被认作不祥。

有人语重心长地对我说，人间已经有够多的恐惧和害怕，为什么还要在不痒的地方开始搔扒？何苦呢？你这不是自寻烦恼吗？如果你想给人注入希望，为什么要用这种永恒不变的黑暗之事来袭扰我们本来就千疮百孔的意志？呜呼，我们还很年轻，为什么不把死亡留给那些垂死的人去想呢？最起码，也是给那些五十岁以上的人出的题目吧。

哦，我回答。生命和死亡是如此如影随形，它们并不是像阿拉伯数字，有一个稳定的排列顺序，在19之后才是20。它们是随心所欲不按牌理出牌的，没有一个必然的节奏。要死死记住，这世界上没有任何人可以并且有能力向你承诺：你可以无忧无虑地活到某个期限之后才来考虑这个问题。死亡可以在任何地点任何时间不打任何招呼地贸然现身。

嘿，这世上有一些最重要的事情，不管你喜欢不喜欢，它们在生命的海洋里坚定地存在着。在某些特定的时刻，毫无征兆地掀起滔天巨浪。很遗憾、很确定的是——死亡就在这张清单中。

对于一个你生命中如此重要的归宿，你不去想，如果不是懦弱，就是极大的荒疏了。

古罗马的哲学家塞内加冷冰冰又满怀热情地说过：“只有愿意并准备好结束生命的人，才能享受真正的人生滋味。”

我们是必死的动物，又因为我们是高等的动物，所以，我们千真万确地知道这一点。否认死亡，就是否认了你是一个真正有脑子的人。你把自己混同于一只鸡或是一条毛虫。在这里，我丝毫没有看不起鸡和毛虫的意思，只是明白人与它们是不同的物种。

奥运会开幕式、闭幕式的时候，人人都害怕天公不作美，降下雨滴。如果甘霖洒下，尽管对于干旱的北京是解了渴，但那些精心排练的无与伦比的美妙场景就会大打折扣。人们在不断逼问气象学家那天晚上究竟会不会下雨的同时，也热切地寄希望于我们的高科技，可以将雨云催落他乡。

开幕式的时候，我正在墨西哥湾上航海。当我回到家中，查找到开幕式的报纸，果然看到报道，那一天晚上阴云奔突，为了防止在鸟巢上空降雨，有关部门发射了催雨的火箭，将水汽提前搅散，让那传说中的雨降在了别处。于是，亿万人才看到了鸟巢璀璨晶莹的完美夜景，听到激越躁烈的击缶声震荡寰宇。可见，催化剂这种东西的魔力，在于将一桶必然要爆炸的火药提前引动，变得无害而可以忍受。它在某种程度上可以化腐朽为神奇，保障了最重要的阶段完整无缺。

思考死亡就是这样一种精神的催化剂，可以把人从必死的恐惧中升华到更高的生存状态——那就是兴致勃勃地生活。对于死亡的觉察，如同手脚并用地攀爬了一座高山。山顶上，一览众山小，使人不由自主地远离了山脚、山腰处万千琐事的凝视，为生命提供辽远、开阔和完全不同的视角。

你如果听了上述这些话，还是对探讨这个问题心有余悸，那么，在我束手无策之前，容我给你开一张空白的心灵支票吧：对于死亡的思考，可以拯救你生命的很多时刻。对死亡的关切，有可能让你的生命有一种灿灿金光。虽然随着岁月流逝，身体会不断枯竭，但精神能越来越健硕。

只是这张支票兑现的具体日期和数额，要由你自己来填写。谁都不能代替谁思考。不知你内心的恐惧还会持续多久？

有个女子说，她以前有一个习惯，就是从来都不彻底地完成一件事情。本子总是用不完的，要留下几张纸；喝水会把底儿留在杯子里，美其名曰“有水根儿（就是水碱）”，喝了要得肾结石的，这借口虽明知荒谬，也还是一再重复着，哪怕是喝瓶装的纯净水，也绝不喝干；因为怕离别，她总会提早从聚会的场所离开，总能找到各式各样的理由让自己抽身；甚至吃饭菜的时候，都不会吃完，留下一口，并认为这是礼貌；打扫房间，也不会彻底，留下一个角落，说等下一次再来清洁吧，从小长辈就觉得她这是偷懒，说过无数次，她就是不改。

大家看到这里，也许会说，这不过是很多人都有的小毛病，充其量也不过是个说不上好也说不上不好的习惯。当然了，如果事情仅仅停留在这个阶段，也许人们都还能容忍，但是，每个人行事的规律，无论大事小事，内里其实都是惊人地相似。

这女子工作以后，无法在任何一个单位待到两年以上，总是不断跳槽，有时有明确的原因，有时自己也说不明白，好像完全找不到充分的缘由，只是突然想走就走了。冲动一起，是那样难以克制，似乎在逃避、躲避什么可怕的东西，唯有中断，才是出路。再后来，她连自己的婚姻也坚持不下去了，厌倦、恐惧和平淡，让她最终选择了放弃。

不过，这世界上好的男人，比起好的工作，似乎要少。况且就算是工作，如果那个单位满员，你也无法插入。婚姻更是具有鲜明的排他性。鹊巢鸠占，鹊就回不来了。她的主动退场，很快就让别的虎视眈眈的女子填补了空白。当她意识到自己的前夫多么难得的时候，金瓯已缺，丧失了恢复原状的可能。

她是如此苦恼，如此憔悴。在庞杂纷嚣的混乱之下，我一时也一筹莫展。如同面对一张沾满了蛛网的条案，纵横交错，不知道哪里才是混乱的支点。

关于漫长的谈话过程，我在这里就不赘述了，感谢她的无比信任。我后来才知道，匍匐在她内心的蜘蛛是自幼年就潜藏下的恐惧。她在非常幼小的时候连续失去亲人，棺材前摇曳的烛火、血肉模糊的尸身，都让她对终结的恐惧变得如此根深蒂固。这恐惧化身为“不要把事情做到底”的潜意识，如同魔咒，贯穿了所有岁月。她给自己定了一条规则，也算是“潜规则”吧——只有逃避结束，才能对抗死亡。

说到底，我们对于死亡的恐惧是会化装的，会以各种各样我们匪夷所思的模样乔装打扮出现。惧怕死亡就如同一根粗壮的藤，蜿蜒盘曲结着不同的瓜。也许是人际关系的不和睦，也许是做事的极端完美主义，也许是关键时刻的优柔寡断，也许是婚姻和感情的破坏与纷扰……如果你无法长久地保持安宁的心智，经常出现无法描述的悲伤或烦躁，很可能就是在死亡这个问题上没有直面的勇气。总之，对死亡的恐惧如同百变妖魔，有万千种表现手法。原谅我带一点武断地说，每一个无以解释的焦虑之梦背后，都是死亡之魔起舞的广场。

对此，最好的方式，就是在源头上把这件事搞清楚，从此不怕死，把死亡视为一个成熟的过程，有勇气饮尽生命的最后一滴甘露，之后从容安详地赴死，变成细碎虚空的分子，与宇宙合为一体。在这之前，有滋有味地生活。

死亡的过程对每一个人来说，都是一项崭新的学习体验。为什么你一定要一直想着你老了、老了？为什么要一次又一次踮起脚来张望归途？

有朋友曾经这样气恼地问过我，她觉得我不断地谈论死亡必将到来，让她噤若寒蝉。她说，你的文字通常是安详和温暖的，但那些关于死亡的论述夹杂其中，就像一些粗粝的贝壳碎片，会刺破手心的皮肤，让人淌血。

我说，既然死亡是一个规律，为什么不能讨论？既然归途本来就存在，为什么不能张望？为了保持我整个生命的质量，为了当我发白齿稀之时仍然能保有尊严和快乐，我就要提前下手了。如果你不快，那么我很抱歉。不过请原谅，我还是要这样做。

艾滋之椅

旧金山佩奇街273号。禅宗临终关怀中心。一座宁静的建筑物，在居民区内。门口没有任何标志，只有高高的台阶，甚至连普通公共场合均有的残疾人坡道和盲道，这里也没有。我和安妮迟疑了半天。我们不能确定要拜访的专门和死亡打交道的这个中心是不是这里。想象中，该是一座独立的白色建筑，有葱茏的绿树和不败的鲜花。这里，没有。起码在外面看不到任何迹象，一如平凡的民宅。

进了门，在没有见到任何人之前，就认定是这里了。是空气告诉我们的。空气中弥漫着奇异的香气，让人有微微的麻醉和眩晕之感，但心的悸动就在这种奇特的香氛当中，平缓到迟慢。

禅宗临终关怀中心的布莱德先生慢慢地走过来，接待我们。他说话的语调也是慢慢的，举手投足也是慢慢的。慢，是这里不变的节奏。单是这一点，就已让人足够惊奇。在现今的社会里，你还能找到一间不是因为拖沓而是有意识地缓慢办公的公司吗？在商业的交往中，你还听得到一个如泠泉般天然的女孩声音吗？越是发达的社会，那频率就越是不可思议的快，直到我们目不暇接得整体昏眩了。

相反，在这个一切都缓慢的房间内，我的精神异乎寻常地警醒了。

布莱德先生告诉我们，这家机构完全是慈善性质的，建立于1987年。这里有10位工作人员，还有150名义工。这个中心没有医生，也不用任何药物，它的主要工作，就是帮助人们安详地死去。

布莱德先生慢慢地说："死亡是需要学习的。临死的时候，很多人不知所措。没有人教授这种知识。当死亡到来的时候，人们一无所知。我们就是要帮助大家，当然，也是在帮助自己。只有懂得生命意义的人，才有勇气探讨死亡。只有对死亡有了更深入的了解，人才能更深刻地把握生命。死亡，其实就是一切事物的本质。"

这些话，有些玄了，倒是和这弥漫着奇异香氛的雅室相配。房间高大，布置得很有宗教气息，有一种空旷感。我说："这是什么香？"

布莱德先生说："这是从印度带来的藏香，能够安抚人的神经。"

我问："什么人才能住进这间中心来？"

布莱德先生说："谁都可以住进来，只要你提出申请。我们的工作人员会到申请者的家中去看望他们，和他的家人谈话，以最后确定他是否可以来，什么时候来。因为这里是不做任何治疗的，只是接受如何面对死亡的训练。如果病人还有救治的希望，就不会接受他们到这里。”

我听得从内心向外沁冷，说：“死亡的训练是怎样的呢？我很想知道。”

布莱德先生说：“当给予适当的条件的时候，人们是很愿意讨论死亡的，特别是当死亡迫在眉睫的时候。刚来的人，大都比较紧张，对死亡不了解，不知道自己将怎样迈向死亡。我们让他接受冥想训练。其核心就是当生命的最后瞬间，只有你一个人，你将如何走向死亡。这真是一个很有效的训练。当反复训练终于完成之后，病人就不再害怕死亡了。我们把最后的时刻简称为‘在床边’。因为死神是在床边领走我们。那种时候，往往是你一个人。当然，我们这里是24小时都有人值班，但我们不能保证你‘在床边’的时候，旁边一定会有人。所以，每个人都要练习独自一个人‘在床边’，在那种时刻，保持最后的平静。”

我说：“经过训练，病人‘在床边’的时候，都能保持平静吗？”

布莱德先生说：“大部分病人都能做到平静。特别是入院时间较长的病人，基本上都是平静的。如果入院的时间太短，病人可能还未能完全训练好，有的人依然在惧怕中逝去。这和每个人的情况不同有关，有的病人有太多未了的心事，还未学会放下。死亡是一个过程，我们对它要有准备。其实，就是突如其来的死亡，比如飞机失事或是外伤等，如果不可避免，平静是最好的应对……”

正说到这里，一名女士悄悄地走进来，在布莱德先生耳边说了一句话，布莱德先生于是站起身来，说：“不好意思，有一件急务，需要我出去一下，很对不起。请稍等。”

我们等了一会儿，又等了一会儿，布莱德先生还是没有回来。一位长得很秀丽的女士走进来说，布莱德先生还要等一会儿才能回来，你们不妨先到各处参观一下。

我和安妮蹑手蹑脚地在中心内部缓慢走动着。悄悄地推开一扇门，雪白的床单下有一个黑人男子，瘦到骇人的程度，用“骨瘦如柴”这样的形容词对他都是夸奖，简直就是几根紫铜丝拧成的轮廓，无声无息。如果不是他那大如鸭蛋的眼睛上的睫毛有微微的颤动，简直看不出有一点儿生命的迹象。

我们逃也似的离开了这间屋子。

“这是一个艾滋病人。这两天，他就要‘在床边’了。”秀丽的女士说。

楼边有一座小小的花园，有一些绿色的植物，因为已是秋天，没有了想象中的葱绿，几片黄叶悄然落下，也是缓缓的，仿佛电影中的慢镜头。一把椅子，角度放得很巧妙，正好对着花园里最美丽的一角。我说：“我可以坐在上面吗？”

秀丽的女士说："当然可以。我们这里经常住进艾滋病人，当他们还没有丧失最后的活动能力的时候，他们很愿意坐在这张椅子上看看风景。"

哦，原来这是一把艾滋之椅。

我坐在上面，椅子很舒适，风景也很好。我看着面前的树叶，心想，这几片叶子，也许曾给若干位艾滋病人带来过安抚和宁静。如今，它们还在秋阳下焕发着最后的绿色，但那些触抚过它们的视线，已然被土壤掩埋。泥土中的视线，一定还残留着丝丝绿色吧。

我请安妮给我照了一张相，在这把椅子上。

照完之后，我对安妮说："我也给你照一张吧。"

安妮说："毕老师，我不照。我的手脚现在都是冰凉的。一会儿从这家中心走出去，我要立即进一家咖啡店，用滚烫的水暖暖我的胸膛和大脑。"

我问秀丽的女士："这个中心自建立以来，一共有多少人从这里走向终极？"

秀丽的女士说，她来这里工作的时间并不很长，关于具体的数目，不是很清楚。但她可以告诉我们一个数字，自建立中心以来，截止到今天，这里一共在1267天中每天都有人去世。有时是一人，有时是多人。

正说着，布莱德先生回来了。他说："很抱歉，但是，没有办法。南希去世了，就在刚才。我到了她的床边，她很平静。"

我说："南希是谁？"

布莱德先生说："南希是我们这里的一个病人。患乳腺癌，人很年轻，只有44岁。她在这里住了四周，刚住进来的时候，人非常紧张，非常恐惧。经过训练，她变得很平静了。刚才离世的时候，十分安详。"

我们静默，脖颈处像卡着一块冰。想到就在我们方才漫步的时候，一条生命正向空中遁去，心中充满茫然。仿佛看见南希的灵魂正在这屋顶上，宁静地看着我们。

布莱德先生说："每当有病人去世，我们都会在他的床边，举行一个小小的告别仪式。现在，我马上就要到南希的床边去，我们只能就此结束了。"

秀丽的女士说，她的亲人就是在这里去世的。她喜欢这里舒缓的气氛，亲人去世后，她就要求到这里来工作了。这里的特点就是宁静，在现代社会，找到这样一个宁静的地方是不容易的。"这里的宁静，是很多人用心血营造出来的。"她最后说。

一个人怎样独立地走向死亡？所有走过的人，都不会告知我们有关的经验教训。"在床边"，是一个新鲜的课题。我觉得，人在容光焕发、精力充沛的时候，不妨花点儿时间琢磨琢磨这件事，真到了垂垂老矣、气息奄奄之时，考虑起来就太艰苦了。平常日子，脑子转的速度不必那样快，步子的频率不必那样高，声音的分贝不必那样强，睡眠的时间不必那样晚……

温暖的陵园

我喜欢陵园的“园”字。不信，请你在风中轻轻念叨三遍。你的口形会从“陵”字凄凉的松懈，变成轻微收拢的振作，好像含住了天上落下的一滴雨露。有了这个温润的“园”字，“陵”字的孤寂和黯然就被冲淡了，你不由自主地想到花园、公园，甚至……团圆。

陵园本是伤怀之地。每一个为自己的亲眷寻找安息之所的人，最初走进这里的时候，心情都是哀痛而复杂的。哲学家说：“死亡的本质就是不可能再有任何可能性了。”其实不然，死亡在陵园演化成了整齐的行列和庄严的祭奠，变作了根和枝叶还有花朵还有果实。有一些人可能永远地消失了，有一些人却在这里被长久垂念。

在一般人眼中，陵园是空旷的，是冷寂的，是枯萎的。但你到八达岭陵园里走一走，就会渐渐忘却最初的忧烦。你看到的是绿草和树，是高山和云霞。你听到鸟鸣和流水，还有工作人员亲切的话语。

感谢八达岭陵园在2006年将我聘为他们的心理顾问。有若干单位也曾表示了相类的邀请，我都一一婉谢。写作占据了我生命中的大部分时间，其余的光阴就很有限了。我愿意参加到八达岭陵园的工作中，是因为重要和圣洁。

人一生当中要搬很多回家，要结识很多人，要看很多风景走很多路途……陵园，就是最后的一个家。陵园的工作人员就是最后结识的人，陵园的山水是最后看到的景色，陵园的土地就是最终停下脚步的驿站。

将心理学的知识引入到陵园的工作中，是一个创新的领域。长久以来，哀伤是不登大雅之堂的，人们在黑暗中苦挨苦熬。凄清无助的感觉攫取身心，苦楚如潮水一般将我们沉溺。这其中要经历震惊、否认、愤怒、绝望、平静、恢复、痊愈等等复杂的心理路程，甚至有人干脆就把哀伤列入了和烧伤一样危险的急性疾病。谁来拯救苦难中的人们？谁来安抚百孔千疮的破碎之心？这个阶段到底有多长呢？国外研究者有说是半年的，有说至少要两年的。我认识一位女士，母亲在十八年前的大年初一离世，十八年来，每个春节都苍白如雪。家中清锅冷灶阴风惨惨，没有一丝过节的气氛。没有经过处理的哀伤，犹如埋藏在骨髓内的钢钉，哪怕表面上已经平复，不知会在哪一瞬爆发剧痛。我们只有等待时间之水慢慢洗刷，让哀伤抽丝剥笋一点点稀释。

生命是一个完整的过程，每一个阶段都充满尊严。每一个生命的诞生，都让我们欣喜，每一个生命的离去，都让我们叹息。生命在陵园余音袅袅，人必须回到泥土当中，才能得到安宁。除了时间，我们还有没有其他方法挣扎出哀伤的海？如今陵园的工作者，将心理学的知识引进到工作中，通过大家共同的努力，联结起一双双温暖的手，强有力地援助哀痛中的人们。

期待那一天——当我们走进陵园的时候，沉默凄楚忐忑不安，当我们离开陵园的时候，比较静谧镇定祥和有力。

（全文完）